「參見，九把刀」5 BLOG

亂寫文學

失敗
是一種資格，
獎賞你上過擂台。

九把刀
BY GIDDENS

我愛，我那充滿裂縫的缺點人生

想寫這篇奇怪的文章已經很久了，但一直拖著，這一直拖著的原因就跟這篇網誌要說的「我那充滿裂縫的缺點人生」有很大的關係，互爲因果哈哈。因爲我很愛拖稿嘛！

起手式，依然是「小時候」。

我小時候鼻子就很不好，常常擤鼻涕，不想擤鼻涕的話就倒吸到喉嚨裡吞進肚子，反正就是鹹鹹的，也有潤喉的效果。也因爲我實在太常擤鼻涕了，媽媽讓我帶去學校的衛生紙根本不夠用到第四節課，不斷跟鄰座的同學借衛生紙也就成了我重要的「上學記憶」，不認識我的人還以爲我一年三百六十五天都處於感冒的狀態，其實我只是有一個很爛很糟的鼻子。

下一部導演的電影，功夫！

後來鼻涕反而變成我惡作劇的武器，常常偷放一些鼻涕包在同學的外套口袋裡，放在同學的書包裡，放在同學準備坐下去的椅子上，我都好期待那種溫溫暖暖又滑滑的爆炸感在同學的臉上綻放開來的一瞬間。

上個月我國中老師退休，我回彰化參加歡送老師的同學會，幾個同學帶了剛上小學的小朋友兒女一起參加，吃完飯，我偷偷擤了一個超鮮美的鼻涕炸彈放在老曹的外套口袋裡，被其中一個正在唸小學三年級的小屁孩發現，他笑到肚子快炸掉，讓我覺得好欣慰，我跟他說：「你長大以後也要跟叔叔一樣，好嗎？」那小屁孩笑到沒辦法回答我。

有人警告我，你的鼻子這麼爛，總是鼻塞，你根本沒有任何時刻是處於「暢快地呼吸新鮮空氣」的狀態，呼吸不通暢，腦袋缺氧，會影響思考跟注意力，還不快點去治療鼻子，我都會大叫，天啊天啊原來我這輩子還沒有施展全力、完全釋放我百分之百的腦力過啊！

不知道什麼時候我完全接受了「我有一個爛鼻子」的事實，因爲我覺得，人生這麼長，經歷各種風風雨雨，先天不良加後天不幸，身體出現一些毛病本來是不可避免的，我已經很幸運了，毛病就是鼻子過敏而已，還可以隨時製造鼻涕餛飩武器攻擊朋友，將來死掉的時候，把這個爛鼻子一起帶進墳墓，也算是一種互相陪伴到底的緣份吧。

這就是我要說的，人的身體不可能完全健康，人生也一樣不可能完美。

更重要的是，人的個性，也不可能是完美的。

很久以前我就放棄成爲一個完美的人，事實上，我距離完美有一億光年的距離吧，我早就習慣了個性上的千瘡百孔，一條又一條人格上的裂縫鋪在我的靈魂上，我很清楚，過去這三十幾年亂七八糟的人生經歷，帶給我的不可能僅僅是讓人喜歡的優點，更多的是難以令人理解的缺點。

有優點很好，但充滿缺點才是我的眞實人生。

兩種加起來，才是眞正的我。

我很色，很下流，講話很隨便常常不經過大腦也不經過小腦只經過堅硬的小小腦。我拖稿。我喜歡蒐集去演講過的學校的女生制服，目前保守估計超過三十件。我洗澡完大概有半個小時什麼都不會穿。我想做什麼就直接去做。我搞不清楚我是嚴酷遵守諾言還是喜歡大便總之我在柴姊的桌上大便慶祝「那些年，我們一起追的女孩」被審爲輔導級。我喜歡一直盯著女生的小腿看。我拖稿。我在星巴克寫小說時很愛看情侶在角落摟摟抱抱。簽書會時從未拒絕過女生讀者抱我或親我的可愛請求但男生讀者一問我可不可以抱抱的時候我一定嚴詞拒絕。我常常熬夜寫東西不注重身體健康反正遲早都要死的。我忽然想延長壽命就衝出門跑步開始對熱量斤斤計較。我拖稿。我開車的時候喜歡罵到處亂鑽的機車但

大佛前有一座九龍噴水池，冥冥中註定啊！

我騎機車的時候更愛罵跟機車搶道的汽車。我很火大有人插隊但經常很鄉愿地不出聲制止。我總是不管柯震東的感覺一直在他面前開蕭亞軒的玩笑。我拖稿。我努力救狗但很喜歡吃豬吃魚吃雞吃鴨被罵僞善我也沒在肉痛的。我支持同性戀婚姻合法化但我也常常亂開同性戀的玩笑因爲有些笑話實在是太好笑了。我拖稿。我經常問身邊的人有沒有人要吃我剛剛擤出來的鼻涕。我覺得在游泳池裡面尿尿是一件很沒什麼的事雖然我並不喜歡別人在游泳池裡面尿尿就是了。吃飯時我喜歡自顧自看報紙看雜誌或看手機我就是那種沒品的人。我常常遲到十分鐘。我很久才洗一次車。我很懶得收拾餐桌。我喜歡逛正妹的臉書照片而且一定按讚。我拖稿。常常有人教我怎麼當一個公眾人物的楷模我都覺得神經病啊我幹嘛去過你指定的人生觀。我在「公園」遛狗時常常不繫繩子因爲柯魯咪終其一生都沒咬過人甚至沒兇過人呀萬一被開單我也無話可說。很抱歉我只跟全宇宙最漂亮最可愛最體貼最喜歡罵我的女孩子交往。很多家長都很擔心我會教壞他們的小孩嗯啊我也沒有否認過我肯定不是一個絕佳的學習榜樣。我拖稿。

我缺點一大堆，更糟糕的是我滿喜歡我大部分的缺點，完全沒打算反省……

BUT！

人生最重要的就是這個BUT！

BUT我從來沒有感覺到缺點一堆的自己必須被誰誰誰「接納」。

我的天啊，事實上我覺得我過得比百分之九十九點九的人都還要自在快樂，做自己相信的事，不但熱血還很有意義，即使在做一堆明顯沒意義的事（例如發廢文！例如研究A片！）的時候至少也相當開心。

不用費心接納我了，替我開心就好啦！

以上自婊無敵，但這不是我這一篇序要說的真正重點喔！

真正重點是，既然我缺點一堆，而且大部分不想改，也改不了，或根本就很喜歡自己有這些缺點，所以！所以！所以我覺得缺點這麼多的我，在跟大家相處時肯定有拖累到大家的可能，所以，我也同樣有義務忍受身邊朋友的大大小小缺點。

我有個朋友只跟有男朋友又胸部很大的女生交往。可以，反正不是我的女朋友。

我有個朋友頭很大戴不下安全帽。可以，說

即使是臭屁的我，現場即時寫作還是滿有壓力的。

眞的關我屁事。

我有個朋友總是學不會保守秘密，老是跟別人說我說絕對不能講出去喔的事。可以，知道他口風很鬆還一直跟他講秘密是我的錯，以後我可以盡量不講。

我有個朋友喜歡裸奔炫耀肌肉、喜歡炫耀他養了很華麗的海水缸、喜歡炫耀他賣的面膜很賺錢、喜歡炫耀他的腦婆在床上都被他予取予求，喜歡炫耀他瑜伽越練越色、喜歡炫耀他有一間全台灣最厲害最舒服最大的租書店。可以，但請他記得在肯亞的時候，是我先偷偷大便在他的帳篷外面所以還是我比較厲害。

我有個朋友鼻毛老是不剪。可以，反正不是我的鼻子，而且不影響我帥。

我有個朋友打麻將牌品超差每次輸錢都意見一堆。可以，反正他常常贏幹！

我有個朋友長得很可愛很漂亮很正可惜跑步超級慢，簡直跟我用快走的速度一樣。可以，反正我還眞是可以用快走陪她跑步，因爲我不想別人陪她跑。

我有個朋友偶爾向我借錢卻總是沒還過。可以，因爲我知道她的確需要幫助，而我也很幸運有這個能力幫她。

我有個朋友花錢很節省非常精打細算斤斤計較。可以，反正我可以請客。

我有個朋友一直認眞鼓吹他的女友接受3P的人類性解放計畫。可以，拜託他之後一定要告訴我後續發展，故事一定很好聽。

我有個朋友老是偏執地覺得絞肉是偷偷用貓肉或狗肉做成的，所以絕不吃包子肉圓碗粿叉燒包。可以，反正我還是很喜歡吃包子、肉圓、碗粿跟叉燒包。

我有個朋友雖然臉圓圓的但她很想演小龍女。可以，因爲我很愛她，她想演什麼我都會支持到底，即使她想演神鵰我都會舉雙手大叫好耶！

我有個朋友很畏懼粗長的蟒蛇。可以，我跟她講話的時候可以盡量站遠一點。

我有個朋友賴彥翔從高中起就過著超養生的生活，彰化市每一間診所專長的治療項目他都瞭若指掌，每天都要早睡早起，就算跟大家一起出去玩也一樣。賴彥翔覺得開車時速超過六十公里就是危險駕駛，所以再遠的地方他都寧願開省道而不想開高速公路。後來竟然發生一件超扯的事。我有個女生朋友看賴彥翔從來沒交過女友很可憐，要介紹一個正妹給他認識，於是就請賴彥翔帶那個正妹去台中老虎城看「變形金剛」第一集，約個會這樣。結果賴彥翔買到票之後，一轉身就很認眞地跟正妹說，電影會演到十一點多，但是他晚上十點半一定要睡覺，所以他看到一半就會先走，希望正妹不要介意。正妹聽了還覺得賴彥翔是一個很幽默的人，科科科說沒關係。結果電影看到一半，賴彥翔輕聲跟正妹說再見以後保持聯絡之後，就消失了，正妹還以爲離座的賴彥翔是要去上廁所，不料，最後電影散場時賴彥翔還眞的沒有回來！遭到雷擊正妹才確定他說的——是！眞！的！從此以後我們都發誓絕對不要幫賴彥翔約女生出去免得丟我們自己的臉。

因爲朋友也在忍受我的缺點，所以我也就隨便朋友愛幹嘛就幹嘛了，心態一下子變得很開闊，既然大家都不完美，我們就索性別用完美的標準去苛刻彼此吧，只要大方向上面，大家都不是殺人放火虐待動物下藥迷姦網友之流，大家就可以好好相處。到後來，你會發現，拿朋友的缺點出來公然取笑的時候，眞的是一件相當愉快的事——所以你也得接受自己的缺點被拿出來畫靶啦哈哈哈哈哈！

又好比我的朋友強獸人朱學恒好了，他是一個很喜歡對各式各樣議題發表意見的胖子，他經常戰這個又戰那個的，從網路一路戰到電視，一下子當什麼狗屎宅神一下子又變成名嘴跑通告，他花了很多錢成立奇幻基金會舉辦很多我沒興趣的活動但很多人很愛去玩，他帶領一群專家無償翻譯了麻省理工學院的教材放上網讓大家自學，他反對廢除死刑於是辦了很多次相關的集會遊行。出錢出力出大便。很多網友很喜歡他視他爲正義使者，也有很多網友很討厭他認爲他只是譁眾取寵。據朱學恒的供詞所稱，他罵東罵西，也老早就因爲別的議題罵過了中時集團的大老闆蔡衍明，但後來有一次，眾所皆知的那一次，有一個網友在朱學恒的

臉書上留言，請朱學恒針對「反媒體壟斷」的議題發表意見跟表明立場，朱學恒在隨手回了四個字「沒在關切」之後，就瞬間在網路上翻黑，網友一片罵聲，覺得朱學恒肯定是爲了想領中天電視台的名嘴通告費，才會不想跟著大家一起「反媒體壟斷」。

嗯，朱學恒的的確確是一個大便人，下流的人，但朱學恒不管是基於一時的脾氣暴躁，或是他眞的不覺得媒體壟斷有什麼了不起好了，他也不過就是在一個議題上，覺得根本不重要、或與大多數的網友意見相左罷了。老是跟大家意見一致才是眞正詭異的事情吧。但朱學恒確實因爲回了「沒在關切」四個字，就被很多網友討厭，差不多推翻掉他以前爲網友出錢出力發言辦活動搞遊行的努力。要知道，批評一件事很容易，實踐一件事卻很難，打手槍很容易，請美女笑著幫你打手槍卻很難。你如果贊成維持死刑制度，也不過單純在這個議題上跟朱學恒是戰鬥的夥伴而已，要是你反對死刑制度，其實也只是在這個議題上跟朱學恒是立場對立的爭論者罷了。我反媒體壟斷，但我覺得朱學恒不想表態，也是一種需要被尊重的姿勢。

簡單說，朱學恒是很殘缺，但你也超級不完美，所

以忍耐朱學恒有時候的觀點是一坨屎一把尿，跟你想得不一樣，好像也滿正常的啦。（朱學恒看到這篇序，別只是哭，記得拿通告費請我吃飯，我要吃貴到爆的。）

最後一個論點來了。

對於朋友的缺點，如果能夠做到更進階的處理就更好了。

——不僅僅是忍受，最好還要懂得「欣賞」。不過這裡的「欣賞」絕對不是你想像的那種——試著欣賞朋友的缺點？

當！然！不！是！我幹嘛欣賞朋友的缺點！

要跟朋友相處，當然不能藉由欣賞朋友的缺點來增加對他的好感，朋友的缺點就是屎，屎就是屎，你可以忍受，但屎是不能欣賞的。

可是！可是我們也絕對不能太欣賞朋友的優點，畢竟朋友的優點是他自己的，他很高是他高，他很壯是他壯，他的程式寫得很好是他程式寫得很好，他很會彈吉是他很會彈吉他，他家有一整套海賊王公仔又不會送我所以是要欣賞個屁。萬一朋友的女友超級正又無敵辣，我們只有恨，不可能會欣賞。

所以，所謂的要懂得「欣賞」，其實就是要懂得藉由朋友的缺點，去欣賞自己，覺得跟他們比起來，自己眞是超棒的！怎麼會那麼棒呢！

自己的個性其實很差，但忽然出現一個脾氣更糟糕的朋友，不就會覺得自己眞是一個大好人嗎！會！

自己游泳游得超爛，但忽然交了一個連閉氣都有困難的旱鴨子朋友，豈不是太絕妙了嗎！會！

當你老是自怨自艾女友太醜太凶殘太粗魯時，卻發現你的好友三十幾年來的性對象只是他顫抖的左手，你不會覺得有一點安慰嗎！會！

我逼不得已才在柴智屏柴姊的會議桌上大便，忽然有一天發現有一個朋友的肛門括約肌有問題，經常無意識地在公共場所漏屎而不自知，那不就是證明了自己其實超級正常嗎！會！

朋友！幹嘛交太優秀的！

我們都已經成功承認自己缺點很多，而且也不想改的情況下，還交那麼多超級優秀的朋友，豈不是要把自己逼死嗎！

太優秀的朋友會讓自己太自卑！

會讓自己覺得當初根本不該出生、而是被爸爸亂七八糟射在地板上就好了！
朋友！一定要交多一點魯蛇！多一點屌絲！多一點廢物！
這樣才可以增加自己對人生的自信啊！
差不多夠字數了，來做個結束。
別老是想解釋自己充滿缺陷行爲的背後其實含意很深。啊是能有多深？
我覺得，早點承認自己不完美，就早點享受自己的不完美。
多一點心胸寬待大家的不完美，就早點享受大家各式各樣好笑的不完美。
人生只有一次，就讓我們彼此愉快地虐待彼此吧。

我就是這樣常常忍不住大笑出來的啊！

目錄

< 這些年來，感謝大家了。

2011年

恭喜「桃姐」，堪稱是本屆金馬獎最大贏家！
劉德華的一席得獎感言特別感人，超激勵！

謝謝大家，替我惋惜，也替柯震東開香檳！

2011.11.27

回到家了，脫下了女孩指定的全身西裝，準備著明天要急飛香港的簡單行李。

港片「打擂台」有一句對白很勵志：「不打不會輸，要打就要贏！」

我一直都是用這樣的氣勢在激勵自己，全力以赴，滿弓進擊，對我來說可以失敗，但不能認輸，更不能接受沒膽量上擂台。

我常常說，「那些年」是一部觀眾拍給觀眾看的電影，「那些年」深受觀眾喜愛，是我們的幸運，但我們既然填了金馬獎的報名表格，就是想挑戰評審的殿堂世界，既然入圍了獎項，就想把獎座拿回家。

這次入圍金馬最佳新導演，我一想到自己的得獎可能，就叫了廖明毅跟雷孟、以及副導小子，同我一起參加金馬獎，我跟他們說，如果叫到我的名字，不用暗

擊敗我的烏爾善導演，根本就是胖版的我啊！

號，全部一起衝出去，我要將寶貴的感言時間與他們分享。

說眞的，我常常謝謝他們，但在金馬直接分享榮耀時刻，更帥！

但事與願違囉，新銳導演烏爾善比我更優秀，所以獎不屬於我，出了典禮會場我看到他就衝過去恭喜，希望他帶著這份強大的銳意繼續創作更厲害的作品。

至於我要帶我的夥伴們一起衝出的畫面，就暫且停格在我的腦海裡吧，對他們有點抱歉，但大家一起出生入死，這份平行時空裡的義氣，相信他們會明白的哈哈。

每一次的失敗，對我的意義都不一樣。

電影籌資的困難重重乃至全面失敗，我問我自己，我到底有多想拍這一部電影。

電影在台北電影節一獎未得，那晚我非常難過，但我感受到同伴之間的強大凝聚力。

電影在金馬我的個人入圍獎項不如意，告訴我這個世界很大，比我厲害的人很多很多。

大家不用忙著安慰我啊眞的，**我想贏，就敢輸**，哈哈哈哈哈哈，謝謝大家昨夜爲「那些年」祈禱囉！

至於柯震東，他今天晚上很帥。超級帥。

他一得獎，妍希就哭了，還哭哭哭個不停，我舉臂狂吼，吼得我幾乎都快沒聲音了。

回想柯震東的得獎感言，他說的得獎令他的二十歲非常完美，眞的蠻感人的，很棒也很動人。臭小子難得打動我哈哈！

那些年一起追女孩的那群男孩們。

話說爲了介紹他的入圍者影片，我還特地交代了，要剪他格鬥賽打拳轟牆的畫面給主辦單位，因爲——那是！他！的！手！

哈哈哈哈哈我可是說到做到了，而柯震東也的的確確說到做到了，他很笨，很容易踏中陷阱，但他很努力，也願意更努力。

他當然值得這個獎，未來柯震東會用他笨拙的方式不斷證明他的值得。

妍希寶貝，她太可愛了，沒有得最佳女主角，她根本沒有一絲一毫的難過——除了爲我難過。她一直很專注地爲柯震東祈禱，替別人開心，所以葉德嫻實至名歸地獲獎，出奇地我完全沒花時間安慰坐在身旁的她，我知道她已經完全被劉德華的一句話給寵壞了哈哈。

話說我在典禮間一直憋尿，直到我的獎項宣布後，我跟柯震東才一起衝去尿尿，結果我一尿完，還對著尿多的柯震東罵：「靠快點尿一尿啦！」

劉德華就進來，拍拍我的肩膀，笑說：「沒關係，繼續努力囉，我也是等了很多年！」

我大驚，看著正在尿尿的柯震東，大叫：「靠劉德華鼓勵我耶！他主動開口的！柯震東你要替我作證！」

劉德華繼續帥氣地尿尿！好帥氣的背影！

典禮結束後，我們跑去恭喜劉德華跟許鞍華導演得了超級大獎，結果聊了一下子，也拍了照，我跟劉德華說，你在廁所鼓勵我的話，有一種讓我在今晚拿到最大獎的錯覺，眞不愧是華神！

最後還在妍希的介紹下跟任達華握了手，吼吼吼！整個就是很high！

我覺得，我眞的是一個太幸運的人了。

拍了一部電影，大家很喜歡很喜歡很喜歡，拍了一部電影，評審給了我機會參觀一下金馬獎，拍了一部電影，讓我跟我的摯友一起上台爲大獎引言，拍了一部電影，令我跟劉德華與任達華握手亂七八糟說了一頓話，我的人生，實在是，太快樂了！

金馬獎的感想補充

2011.11.27

昨天金馬獎最讓我感動的，有兩個地方。

一個是六哥得獎，我是超級新的新人，六哥我根本不認識，但那種在背後默默三十年爲電影付出的力量獲得肯定，深深震撼了一如白紙的我。

第二個地方，是許冠英出現在懷念藝人的影片中，那一瞬間，香港藝人帶頭鼓掌，眞的，我覺得香港人好團結，而且香港藝人團結的氣勢雖強，但掌聲的質地很溫暖，讓從小看香港電影長大的我，整個被感動了，鼻子忽然很酸，有一種雖然我們生長在不同的地方，但卻是貨眞價實看著同樣電影長大的情感牽繫，於是我們有了跨越地界的共同記憶，我想，這正是電影的魅力吧。

補充，一邊聽著林憶蓮、蕭敬騰等唱著電影歌曲……聽著聽著，我在妍希的耳邊說，「想一想，多年以後，我們的電影也會變成典禮歌手背後的投影片，而妳，沈佳宜，一定會在大雨中大喊，笨蛋！大笨蛋！而柯景騰越走越遠，不再回頭。」

我的天啊，我們眞的很幸運。

說完，我自己的眼眶就濕了。好高興我們參與了這一場盛宴，將來，一定會有那麼一個將來吧，也會有一個歌手在舞台上悠悠唱著「那些年」，而我頭髮已白……

而那一個意氣風發的大笨蛋柯震東，多年以後，會成爲一個什麼樣的演員呢？

他的夢想會衝刺到什麼程度呢？

有朝一日他能跟劉德華合作嗎？

他可以跟甄子丹並肩作戰嗎？

他有機會出現在周星馳的電影裡嗎？

我也希望，曾經輕揚馬尾的甜美沈佳宜，再經過更多年的努力，慢慢會成爲她心目中的張曼玉，我想，未來一定會有一個女演員用閃閃發亮的眼睛興奮地說，不得獎無所謂了，因爲我的女神陳妍希告訴我，我是本屆最大遺珠呢！

謝謝你們，新人獎讓笨蛋柯震東的二十歲非常完美，而你們倆燦爛的未來，讓「那些年」非常完美。

謝謝，眞想與多年後的你們，一醉方休呢:)

謝謝所有喜歡那些年的大家，是你們為電影裝上了翅膀

2011.12.31

電影「那些年，我們一起追的女孩」，幕前幕後都誕生了很多奇蹟。

有些奇蹟我堅定其必然發生。

我相信，我們雖然沒有拍過電影長片，但只要團結合作，一定可以拍出讓大家又哭又笑的好作品。

我相信，只要付出堅定的信任，每一個演員都能綻放耀眼的光芒。

我相信，只要電影最後十分鐘讓我自己淚流不止，「那些年」就會在觀眾的心底留下一份鹹鹹的溫暖。

我相信，台灣的觀眾會感受到電影裡蘊藏的愛。我相信，我都相信。

但，有些奇蹟我連想一秒鐘都沒想過。

不敢想，沒膽子想，沒心思想。沒有我想的份。

可是都發生了。

其中最巨大的奇蹟，就是在極短的時間內，「那些年」在海外地區不斷創下台灣電影的票房新紀錄，每一份紀錄都以「史上」作爲句子的開頭。而奇蹟中的奇蹟，莫過於「那些年」能擠進香港史上最賣座華語電影的排行榜前十，更遑論最後竟逐步接近我心中的電影之神，星爺的冠軍紀錄。

今天與明天進電影院看「那些年，我們一起追的女孩」的人，都是參與締造最後紀錄的一部分。謝謝大家買票進戲院，看我用生命拍出來的，那義無反顧的深深一吻。

用「驚喜」兩字來形容，其實無法正確表達我心中的感受。因爲眞正在我心中湧出的情緒，是「感激」。

我常常說，「那些年」是一部觀眾拍給觀眾看的電影，這是真心話。

從小看著港片長大，過年玩撲克賭錢，明明改變不了什麼卻老是愛搓牌，幻想自己有特異功能。

我很小就知道，只要龍五的手上有槍，誰都殺不了他。我知道他媽的高義是雜碎。

明明不知道自己在做什麼，我卻堅持要切牌。

在還沒看過任何一本金庸小說之前，徐克的「笑傲江湖」就是我對武俠的全部。

我明白葵花寶典練了會沒有老二。國小二年級我就知道陳家駒是金剛不死身。

我嘗試了幾次將一顆飯粒黏在五筒上，但從來沒有成功扮作四筒過。

無論如何我學到一件最重要的事，越爛的牌，越要用心打，牌品好，人品自然就會好。

在開拍「那些年」之前，我在網上買了「記得香蕉成熟時」的DVD給柯震東和陳妍希看，希望他們知道我想拍出的青春悸動是什麼感覺。

黃霑過世的時候我沒有哭，因爲蒼生笑，不再寂寥，豪情仍在癡癡笑笑。

我的創作裡不時出現港片的影子。

《少林寺第八銅人》裡，七索說的那一句熱血對白：

「挨打的本事，又豈是你們這些高高在上的和尚能了解的？」

其實源自譚詠麟憤怒地說：「有些事是你們有錢人一輩子都不會懂的，那就是——義氣！」

哈棒在交大初登場，對著張家訓的光頭一陣猛K，冷冷說道：「鐵頭功？鐵頭功？」

當然翻玩自「少林足球」。

雖然地球很危險，但火星更遠，我還是冒險在地球的大學教授劇本寫作，其中有專門的一堂課叫「周星馳風格的電影」內容分析。

在我人生最低潮的時候，我看著周星馳在沙灘上緊緊摟抱住張柏芝，對她說，謝謝妳的支持，謝謝！謝謝妳今天來看我的演出，我一輩子都不會忘記，謝謝！謝謝……

我哭了，哭得連我如此自信的人都無法置信的程度。

至今「喜劇之王」仍舊是我最喜歡的星爺電影。

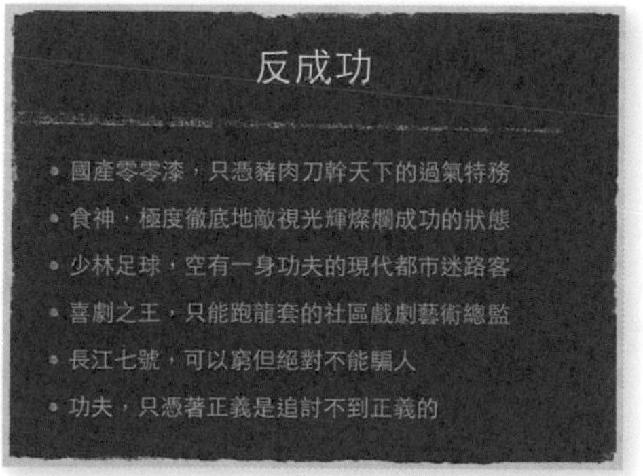
反成功
國產零零漆，只憑豬肉刀幹天下的過氣特務
食神，極度徹底地敵視光輝燦爛成功的狀態
少林足球，空有一身功夫的現代都市迷路客
喜劇之王，只能跑龍套的社區戲劇藝術總監
長江七號，可以窮但絕對不能騙人
功夫，只憑著正義是追討不到正義的
這是課堂投影片之一，我用了社會學分析。

也所以，《殺手，流離尋岸的花》中，沉默寡言的鐵塊向小恩說了那句簡簡單單的告白：「我養妳。」

現在，「那些年」在香港大受歡迎，熱烈程度還在台灣之上，尚無法回神的呆傻之後，我有一種被香港深深擁抱的感激。

真的，謝謝香港的觀眾，你們瘋狂傳遞的口碑是最紮實的宣傳，沒有廣告比得上你們親自跟朋友說一句：「那些年真的很感人。」

大家搞笑改編「那些年」的電影預告的衍生短片，我也覺得很爆笑。

謝謝香港的戲院，你們排了這麼漂亮的場次與廳數給「那些年」，即使在網路流出讓我傷心的電影半成品、實際觀影人次漸漸減少之際，戲院依舊不離不棄。

謝謝香港的媒體，我們導演與演員幾乎沒辦法到香港宣傳的情況下，媒體保持了對「那些年」的強烈關注，常常留版面給我們。

謝謝香港的藝人，你們都是閃閃發光的大明星，卻不吝惜你們對「那些年」的喜愛，常常公開發表觀影感想，常常嚇到我。

我更要謝謝香港的所有人，在媒體意識到「那些年」可能超越「功夫」的冠軍票房紀錄之際，大家沒有因此用力排擠「那些年」、抗拒「那些年」、討厭「那些年」，而是再接再厲地進戲院支持，戲院也情義相挺，保留了場次，催動最後的奇蹟發生。

與其說，「那些年」終於創下了紀錄，不如說，是大家的愛，共同讓紀錄發生了。我眞誠希望，這是一個暫時的紀錄。

因爲我太喜歡星爺了，太太太太太喜歡了，喜歡到，我比誰都想看到星爺重出江湖拍新電影。

「那些年」的票房冠軍紀錄，隨時等待星爺出手刷新，當然也隨時等待更好看的香港電影來打破。這就是此紀錄最重要的意義。

謝謝香港的大家無私地愛「那些年」。

台灣是我的故鄉，是給予「那些年」強大力量的根。

從此以後，香港就是吹動「那些年」的翅膀了吧。

謝謝。

謝謝。

謝謝你們給了看港片長大的我，一個意義非凡的擁抱。

這一次我要反過來學「另一個柯景騰」的金馬得獎感想。

二〇一一年最後一篇網誌，獻給所有喜歡「那些年，我們一起追的女孩」的觀眾。

你們讓我的33歲，非常完美。

2012年

想開Audi，Benz更好，但有錢也只想開Camery的小黃司機

2012.03.31

上個禮拜四，我跟女孩一起出門，在路口攔了一台計程車。我先讓司機送女孩到她要去處理事情的地方，再讓車子載我去開會。

車子很破很舊，一上車就有一股味道。

一上車，我就開始用手機玩寶石方塊，但一口字正腔圓的司機很快就開始攀談。

我從最初的虛應了事，（我太想玩寶石方塊了，話說導演林書宇爲什麼常常打到一百多萬，到底是怎麼打的？），到最後被迫認眞聊天。

他說他很喜歡Audi的車子，因爲有部電影主角

這是我們的經紀公司，現在貼滿了「那些年」海報。

就是開Audi，超級殺，殺過來，殺過去，很殺！

我說，那部電影應該是「終極殺陣」吧，主角開的車好像是A8。

A8？司機脫口。

我說那是Audi最貴的房車。從這裡開始我們先聊了車。

司機說他很懂車，計程車開這麼久了什麼問題都遇過，什麼問題都解決過。

這台車開了六十六萬公里，一有問題他馬上解決，三兩下就像新車一樣。（隨即舉了兩三個我聽不懂的汽車問題）像他最近換了引擎的一個不知什麼東東，馬上開起來就像新車。

我問，幹，六十六萬公里很多耶，都是你開的？

司機淡淡說不是，他是從三十三萬公里開始接手開的。接著聊起他的第一台車，裕隆的速利，1.6，剛開始開很兇，啪啪啪很快又猛，大家都在問他買的車是什麼車，怎麼那麼會跑！但一下子引擎就不行了，怎麼修都修不好。幹所以他以後再也不買裕隆的車。

我說，其實有人專門在收裕隆速利，收價不錯，據說改車之後會很厲害，會飄移。

我最喜歡的帽子，希望別再不小心弄丟了。

喜氣洋洋的牆面。

司機不置可否，說反正如果有機會讓他開的話，他一定要開Audi，不過他朋友問過他，如果有一台Benz跟Audi讓他選的話，他要選哪一台？

他說，他還是會選Benz吧……哈哈，他乾笑著。

爲什麼？因爲是Benz啊。喂，Benz幹嘛不開？

我說，嗯嗯。

司機說前一陣子他朋友借他開Camery，他很驚歎，原來Camery那麼好開，如果眞的有一台Camery給他開也就可以了，如果有錢，他才不會眞的去買Benz或Audi，因爲肯定被敲竹槓，被修車的獅子大開口。

我不懂，問他不是很懂車嗎，怎麼會被敲竹槓。

司機說我有所不知。

我說幹那你講啊。

司機解釋，把手跟螺絲都在修車師父手上，師父會說，你這麼懂車，不然你自己修好不好。

他說他當然懂車，什麼行情都一清二楚，但他怎麼會動手修車？當然還是讓人家修。

接著開始炫耀他最新換的冷氣，他連壓縮機一起換掉，也清了管子，灌最高級的冷媒，一共花了六千多塊，是最高級的修理法，不像其他計程車要修冷氣，只是去換髒冷媒，頂多搞個兩千多塊就很多了，哪像他，什麼都換了，冷氣現在狀態很好，一點聲音都沒有，也沒有臭味。

在廣州與深圳簽書會大成功

雖然我覺得冷氣很吵，而且有一股味道（不確定是冷氣的味道還是車子其他的味道）。

但我只坐一下下，保持不要深呼吸就行，只要一直待在車上的他自己覺得完美就好了。

冷氣的話題結束，他開始幫我上如何買車子輪胎的課。

這堂課我頗有收穫，因爲我想換車輪胎很久了。

他說輪胎品牌很重要，年分很重要，胎紋很重要，定位調校很重要，像是前輪兩顆四百，後輪兩顆五百，一共九百，你看，我什麼行情都知道……話題尾聲，我問他自己多久換一次輪胎，他說他都買五百塊錢一顆的二手輪胎，開三萬公里要換再換，反正輪胎只是消耗品。

接下來，他聊起他剛剛從家鄉上台北打拚的時候，第一份工作，是去當處理不鏽鋼窗戶的工人，一個月三千塊，但師父常常接了案子就丟下跑走，叫他跟另一個學徒一起搞定，他沒做過，但看著設計圖硬搞，竟然最後還是被他搞起來，問我厲不厲害。

我說，厲害。眞的厲害。

司機說，不鏽鋼做沒多久他就被挖角了，到台北當時最貴的牛排館當學徒，一個月六千塊。

他說是統一牛排館。他天分好，一下子就學會廚房裡所有的事，三個月之後就當上大師父，可以一口氣搞定兩張桌子約二十個客人，弄得每個人都服服貼貼。

在飛機上重看了一遍「那些年」最後十分鐘，那十分鐘真是看不膩啊我:D

而且他還會用手指灑鹽巴，用甩的，從這張桌子甩到另一張桌子，功夫很棒，所以後來他看到現在的鐵板燒師父都用小湯匙小心翼翼灑鹽，都會笑出來。

搞什麼啊？他輕蔑地笑。

司機得意洋洋地說，前前後後他一共待了三間牛排館，因爲太搶手了，人家一直來挖角，那個時候他可以跟五星級飯店的大廚平起平坐聊天，因爲大家都看得起他。看得起他，他又重複了一遍。

看我沒反應，他往後問：「看得起我，這樣你聽懂不懂？」

我說，嗯。不過你爲什麼不再當廚師了？

後來老闆對他不好，他一氣之下就不幹了，跑去開計程車，沒想到一開就是二十幾年。隨即得意洋洋地說，這幾年他開計程車，沒付過一毛錢停車費，因爲他家巷子八點過後一堆位子給他停，只要早上七點前開出去，也不會被拖吊。

我說，我很喜歡吃鐵板燒，如果他功夫眞的很強，現在不開計程車，當機立斷去夜市賣鐵板燒一定大賺。

司機嗤之以鼻，夜市？夜市賣的鐵板燒都是隨便弄一弄，便宜就好是吧？只要把肉煮熟加鹽就可以了吧？要是他來弄，才不會那樣搞。

我問，怎麼搞？

司機說他一定主攻最頂級的客層，一客鐵板燒最低三百五十元起跳，因爲他的功夫好，用的食材又是最頂級的，不管是菲力還是松坂，還是鮭魚、鮪魚，他都會做，還會在餐後烤冰淇淋，用威士忌燒火（這一段聽不懂），很高級，包準客人服服貼貼，所以一定要收高價。收高價，賺大錢。

我說，是喔。

司機說，他研究很久了，過幾年他開鐵板燒店的話，有個秘訣一定大成功。

我沒有問，因爲是秘訣。

但司機一秒後免費告訴我，他發現，一間店要成功，最重要就是有停車位，不要讓人開車來卻找不到地方停。

所以一定要找一個很多停車位的地方開店，偏遠一點沒關係，總之一定要讓人好停車。

至於裝潢，就隨便弄一弄，因爲還沒賺到錢幹嘛弄裝潢？等到他賺了錢再弄裝潢。

我說，嗯，在偏遠一點的地方開店，最重要就是讓口碑傳出去。

在亞洲電影大獎遇到華神！

司機斬釘截鐵說，錯，最重要還是停車位，客人有停車位的話，才可以收他高價。高價真的很重要，像前幾年他叫他老婆開店賣越南菜，就是因爲一客炒河粉只賣八十塊錢，生意才做不起來，那些上班族吃完河粉就走，根本不點他店裡面賣很貴的飲料跟小菜，叫他怎麼做生意？

他一生氣，加上當時身體不好，就乾脆收起來。要不然他繼續搞下去，一定賺大錢。

眞矛盾，我問他爲什麼。

司機說，他研究過了，市場就是東西越少越有價値，賣越南菜的人很少，所以他賣越南菜就是物以稀爲貴，如果當時沒有收店，現在一定賺翻了。

快到目的地了，我說我要去的地方在仁愛圓環的「雙聖」附近。

司機說，他知道雙聖，雙聖很貴。

我說，對啊，我沒吃過，但聽說很好吃。

司機口氣堅定地說，像雙聖這種店一定不會倒。

我問，爲什麼？你吃過嗎？

司機語重心長地說，他怎麼可能去吃，但因爲雙聖賣很貴，所以倒不了。他說，我這樣說，你懂不懂？

我不懂。但我說，嗯，大概知道。

車停下，我將鈔票遞給司機，順便祝他今天生意超好。

到大陸探辛苦拍戲的雅妍的班。

司機從鼻孔噴氣，將零錢找給我：「不用祝，我每天生意都很好！」

故事講完了。

會趁著記憶還很鮮明的時候記錄下這個故事，自然有我的想法。

我有一些複雜的感觸。

但我有什麼想法或感觸不重要，我比較好奇大家看完有什麼想法？

終於讓我等到這一天了……陳妍希在我床上！

2012.04.01

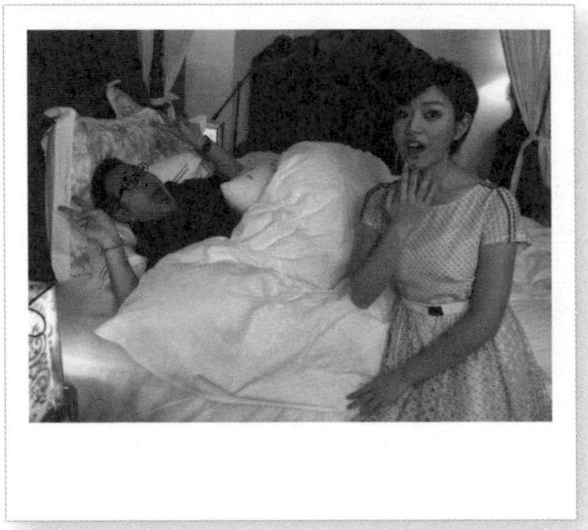

哇哈哈哈哈哈！看標題以爲是愚人節的大唬爛吼！

當然！不是！

所有的五樓都能嘴砲陳妍希在他床上，BUT！

人生最厲害的就是這個BUT！

BUT我可以讓陳妍希眞的在我床上哈哈哈哈哈哈哈哈！

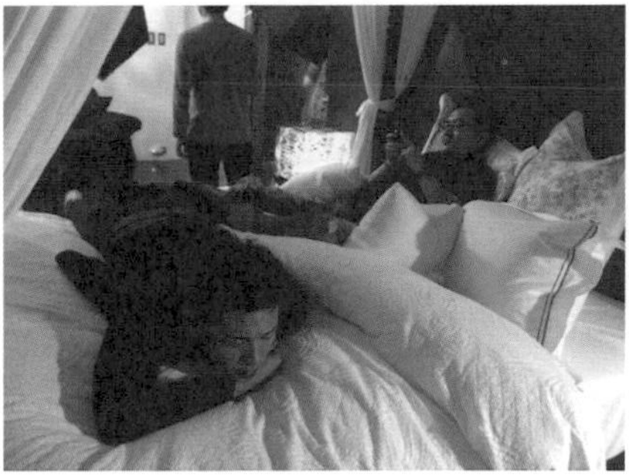

……只可惜的分隔線……

……只可惜柯震東這個大笨蛋也在我的床上（冷掉）。

天生萬物以婊人，人無一閃可逆天。

射！射！射！射！射！射！射！

大家晚安，愚人節快射。

香港，我們怎麼能不愛妳？

無限幸運，無敵幸福，我得以寫下這一篇感謝。

說謝謝，好像已是我拍電影後最常做的一件事。

能夠一直說謝謝的人肯定是非常非常的幸運，因爲每一句謝謝的背後，都代表了一份支持的力量，以及一位給予擁抱的朋友。

我想這些年，我發生的一切值得我說一億次的謝謝。

「那些年，我們一起追的女孩」自去年台北電影節首次登場以來，觀眾給予我們的肯定就非常巨大，電影所踏出的每一步都獲得我難以想像的支持，乃至電影走出台灣，海外的觀眾依然不吝給予「那些年，我們一起追的女孩」熱烈的掌聲，創下種種紀錄，尤其是香港的捧場，令我們漂亮刷新了華語片的最新票房成績，每次想起來，都覺得很不可思議。

2012.04.17

在得知香港金像獎入圍了「兩岸最佳華語電影」之後，我就非常興奮，眞的，「那些年」之前入圍各影展、各電影節的獎項裡都沒有一個涵蓋全面性的大獎，可以說，我對香港金像獎的期待要遠遠超過目前任何一個獎項……

我眞的，好想在香港延續「那些年」的奇蹟喔！

香港電影金像獎，最佳兩岸華語電影！

也因爲香港是「那些年」的福地，我一直想好好回報，就連DVD都特別出了一個香港限定版本。

此次出席金像獎，我跟柴姊說，讓我們自掏腰包邀請「那些年」的主要演員們飛到香港參與盛會，以最完整的隊形走紅毯，讓香港觀眾知道，我們不會因爲電影下映了老二就軟掉——

眞的，我們一直深深感謝，香港如此厚愛我們！

我一向是這樣的。

香港金像獎前夕，我在飯店頂樓游泳，吸取好運。

頒獎典禮前兩個小時，不用梳化的我還在W hotel頂樓游泳，是否很誇張！

「志在參加，不在得獎」這八個字幾乎未曾說出我口，既然出海了，就想釣大魚！（有志氣是一回事，結局下場是另一回事，我常常出糗。）

這次也不例外。

走紅毯前，穿好禮服的大家聚在柯震東的房間，氣氛有些焦躁不安，我很愼重地向一起前來參加金像獎的夥伴說：

「如果眞的發生了好事，大家一定要一起上台，每個人都可以說幾句話，這就是我爲什麼請大家來的原因！」

很榮幸地，妍希、我、跟柯震東，擔任最佳新進導演的頒獎人。

對稿時，我已經跟妍希密謀好，等一下要強吻柯震東，但我們的計畫並沒有讓柯震東知悉，他完全被冷落在一旁，非常可憐，容易緊張的他根本不曉得等一下會發生什麼事。

我跟妍希的計畫是，如果我問柯震東，我想親陳妍希不知道可不可以，若柯震東發笨說：「好啊，請便。」的話，妍希得立刻補上：

「不行，你要怎麼親我，就要先怎麼親柯震東。」

然後我照樣飛撲上去。

幸好柯震東再怎麼笨，電影的台詞也記熟了，他果然傻傻地接了台詞。

於是我衝刺上前，一把抓住，狠狠地吻了柯震東。

接下來的記憶我自動消除了謝謝……畢竟我的興趣不是吻柯震東。

謝謝你們，你們創造了最棒的那些年，所以那些年不會有續集，也不會有電視劇版本。續集就是大家各自飛揚的人生啊！

我只是想獻給香港的大家，一段絕無僅有的「那些年特別版」頒獎，作爲我們彼此了解的禮物。

你們喜歡這個我完全不想記憶的禮物嗎哈哈？

該來的還是要來。

在大會宣布入圍名單的時候，結果即將揭曉，我眞的非常非常緊張，絕對，我聽見了心臟狂跳的聲音，整個人都在發燙。

我死命握住一旁妍希的手，發現她的掌心同樣熱呼呼的，我沒有安慰她放輕鬆，因爲我自己連呼吸都有困難。

然後我聽見了，侯孝賢導演慢慢唸出了「那些年」三個字。

我沒有大叫，因爲我忘記了。

我沒有哭，我根本忘記了。

我沒有抱住妍希，我竟然忘記了。

但我沒有忘記——我站起來，向後方深深一鞠躬。又鞠躬，又鞠躬……

（頒獎片段影片：「第三十一屆香港電影金像獎——最佳兩岸華語電影」

https://www.youtube.com/watch?feature=player_embedded&v=y6lf_cBuvl0

結果沒拍到我們在等待揭曉時候的表情，真可惜，我好想知道我是什麼模樣！）

上了台，我做出我人生中最正確的一個決定：我讓所有人先發表感言。

我老是這樣，我老是將最想感謝的人直接請到我身邊，省下我應該說出口的謝謝，比較乾脆俐落。

上次金馬獎我入圍了最佳新進導演獎，我也是將兩位執行導演與副導請到了我座位後方，跟他們說只要一唸到我的名字，大家就一起衝上台講感言，只可惜最後沒能上台得獎與他們分享榮耀，我丟臉了。

是的我一直都知道。

「那些年」在兩岸三地與新馬都大受歡

難以言喻的開心！

迎，金馬的新進導演獎卻落選，讓我深刻反省到，身爲一個導演，我一定還不夠好，好到可以上台領獎。

我一個人眞的很差勁，但幸好整部電影閃耀著團結合作的光芒，於是……這次夠好了，好到足以讓超棒的大家，一人一手，拉著遠遠不夠好的我一起上台。

眞的，我一直認爲，是電影帶給我一切，而非我給予了電影什麼。

金像獎，兩岸最佳華語電影。

我沒有假裝無法置信，因爲我幻想在台上凝視這個獎座已久，連凝視的角度我都想好了，講稿也想好了，一點也不習慣的西裝我也勉強穿上了。

可站在獎座旁邊，我一眼都沒看它，我只是靜靜看著這群夥伴的臉。

我常常說，我總能將多年前的往事說得明明白白，並非我的記憶力好，而是我很喜歡回憶。

那就交給我吧，你們這些忘東忘西的傢伙，你們好好看著獎座，但此時此刻，我要將你們臉上的表情，牢牢記住。

記一輩子。

柴姊一貫的優雅大方，彎彎很可愛但忘了感謝媽媽，昌憲當著一百個導演與製片的面表演難度最高的哭戲試鏡，鄢勝宇說了很多卻忘了在台上勃起，敖犬不忘本說自己是棒棒堂很帥，柯震東嗯嗯嗯嗯嗯嗯，妍希說什麼我忘了因爲我看呆了。

輪到我的時候，時間愕然結束了，我覺得真的好險！

如果我第一個說，結果造成妍希無法好好發言的話，我一定會一路崩潰哭回台灣。

典禮結束，我一手牽著雀躍的女神，一手握著飛揚的女神，慢慢地走向記者訪問區，這簡直是夢想等級的畫面，感動程度總算超過了台北電影節的世界首映。

謝謝大家。

謝謝香港金像獎。

我的不完美，都讓一群好夥伴給圓滿了，很開心，很感謝。

這一場得來不易的戰鬥，在得來不易的「那些年」畢業旅行裡劃下句點。

現在我要對著這一座女神獎盃，說出我那一夜準備好了、卻沒能出口的話……

謝謝香港，謝謝所有喜歡「那些年」的人。

謝謝ptt鄉民對我的鼓勵與批評，我會繼續努力。

所有一切好與不好，我都收下了。

謝謝我的女友，她允許我拍了那麼一部深愛著另一個女孩的電影，她是如此的大量，如此容忍我的幼稚，如此地愛我。

我要將我生命中最精采的獎盃，與她分享。

謝謝。

慶功宴，我們恰恰好選了妍希在香港最常去的一間火鍋店，完美！

女孩很替我開心呢～

借錢讀書沒什麼好丟臉的，慢慢還錢也沒什麼好丟臉的

2012.04.20

以下拿出以前的文章回應，因爲實在太無聊了。

助學貸款的事一直吵眞的很無聊，還了這些年，我大概還只欠十幾萬吧，如果教育部長（叫什麼？）跟那個立法委員（叫什麼？）眞的很介意很在乎很討厭我像其他人一樣如往常慢慢分期還款繳利息的話，我從義大利電影節回台灣後，選一天沒事專程去台灣銀行塡個單還掉，結束這個超級無聊的話題。

話說我們家三兄弟各自揹了數十萬的學貸，都是這幾年畢業後我們自己慢慢還的，爸媽從頭到尾只負責當保人，跟什麼低利率借款理財一點關係也沒有。

以下全文記者可照抄。

一樣，快速寫一寫免得拖小說時間。

我們家雖然是藥局，但從我有意識以來我就知道家裡因家族關係一直辛苦地揹著債，我的父母一直爲了這個家辛苦地戰鬥，光是繳給信用合作社的利息就可以買好幾棟房子（當然

是彰化的房子謝謝），我們三兄弟高中時都讀精誠中學，私立的，學費很貴（我跟我弟甚至國中就讀了），常常在註冊前看到我媽媽打電話跟親戚朋友在調錢，但這是我們的選擇，我的父母從不曾在教育上手軟，並不是只有有錢人才可以唸私立中學，借錢讀書，甚至借錢唸私立中學，也沒什麼好丟臉的。

我從大一下學期開始用就學貸款上學（我弟好像從高中就開始欠了），研究所四年也是唸助學貸款，我們家三個兄弟都差不多是這樣，讀完了書，就學貸款各自欠了一屁股。

我們家的家族大筆欠款，後來我一口氣還光了，這是孝順，不想讓我爸媽辛苦，而我自己欠的錢，按照合約，放了一筆錢在台灣銀行定時讓政府定期扣款，跟政府說好了一期還多少就還多少，利息沒少給過，我服替代役時也沒去申請這段期間利息止算（合法可以申請停止計算），照樣每個月都還錢還利息，就學貸款並不是總額制，我慢慢還錢，完全不會排擠到其他人申請就學貸款，我不懂這有什麼好爭議的。

另外我欠房貸，也還欠了七百多萬，用的是青年首次購屋的優惠貸款利率，我也是慢慢讓銀扣款還錢，這就是我跟一般人差不多一樣的理財方式，這也有爭議嗎？

欠錢不可恥，慢慢還錢也不可恥。

我在嘉義演講中說了「欠著也是一種風格」，全場哄堂大笑，爲什麼全場哄堂大笑，而非噓聲大作，是因爲我的演講整整兩個小時，整個演講脈絡分明，情緒起伏而連貫，那一句話在演講的氛圍裡根本就是很好笑的梗，但記者刻意斷了那一句話出來當作新聞標題，斷章取義，效果就差很多，如果有人看了那一句話很不舒服很不快樂，老實說我也不知道怎麼重新解釋，只能說很遺憾只看新聞沒聽演講的人，在了解那一句話上的意義有不同距離。

一定要我解釋的話，我只能說，我在小說暢銷前後的人生並沒有太多的改變，在電影完成前後也沒有什麼改變，所以我也不會因爲我有了比較多的存款就把所有欠款一口氣幹掉，我就是一如往常，這就是我的生活風格。

說到社會責任，我不知道爲什麼常常有很多人質疑我沒有對社會付出，好像我不自己說，就等於我什麼都沒有做似地。

先不說去年多捐了上百萬給不同的慈善機構（不是左手捐給右手的那種），自從二〇〇六年開始，我每年都捐了至少四十幾萬給世界展望會、富邦兒童文教基金會等，也是一樣用信用卡固定刷卡捐助，每個月設定捐多少，就自動轉出多少，即使在我拍電影花光我幾乎所有存款的時候，固定捐錢刷卡的合約也沒有中斷過，銀行照扣，我照捐。

做好事被知道，會被說刻意高調。

做好事不說，會被說什麼都沒做只會嘴砲。

寫作時的風景可遇也可求。

我想我無法面面俱到了現在。

總之我不是富裕人家長大的孩子，這是我的幸運，我的父母不是用錢養我，而是用愛。

以前沒錢的時候，我跟大家一樣，總想著等到有一天我有錢時一定要記得幫助需要接濟的人，等到現在我有能力的時候，我沒忘記盡我那一份的體貼，如此而已。

——就學貸款小知識（轉貼自噗友）——

主管機關協助支付的利息只有兩個時間內：

1. 貸款者就學期間的利息（比如大學四年內，利息都是主管機關支付）

2. 貸款者畢業後一年內的利息（這一年內貸款者可以自由繳款）

也就是說，在貸款者畢業後第二年起，償還剩餘本金，並依照公告利率去計息，本金與利息的部分皆由貸款者自行支付。

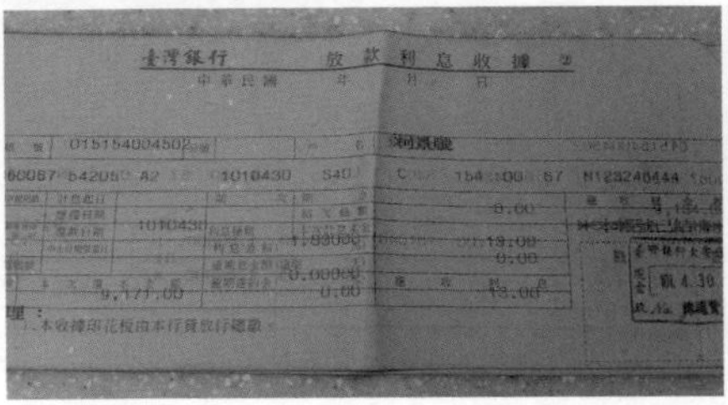

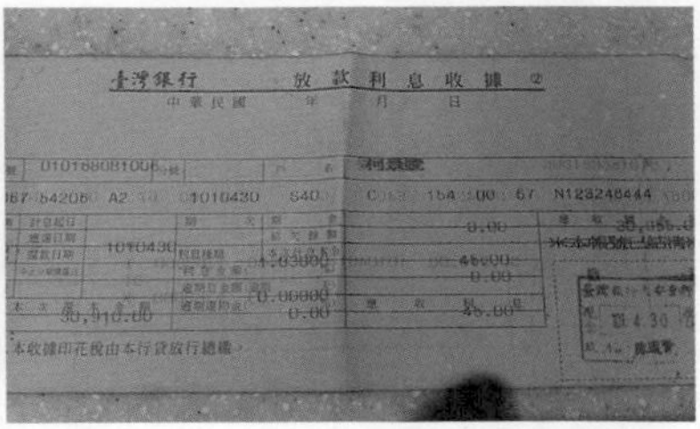

無聊的假爭議。

所以畢業後一年（二〇〇六年），我所支付的利息就是銀行的公告利率，沒有國家政府幫忙補貼的部分。

簡單說，就是一般借錢，跟任何人向國家借錢都是一樣的利率，我也不知道自己按照合約慢慢還錢是佔了誰的便宜。

——後續發展——

某一天我無聊跑去台銀，發現原來我慢慢分期付款（我都是放一筆錢在戶頭裡，讓政府慢慢地扣啊扣），只剩下三萬九千一百多塊錢沒有還清，所以我就一口氣還掉了，仔細看這兩張結清貸款的單子（分別是東海跟交大）

——沒有拖欠，沒有逾期違規！

結清的時候，我的台銀戶頭好像還剩下三萬多塊吧。

有時候，你被抹黑一句話，你得花好幾年去讓別人知道這一句抹黑根本不存在。

講完。

那些年，義大利遠東電影節大成功啦！

2012.04.23

結果出爐，「那些年」讓全場義大利人笑聲不斷，尤其是在台灣頗有爭議的種種低級梗，只要一出現亂七八糟的情節，全場就大爆笑，上課打手槍，小腿被狗幹，露屁股走來走去，鄰居大叔的亂罵，宿舍六腳獸，全都逗得義大利人笑到快瘋掉，哈哈哈眞的是讓我超開心的啦～～～

義大利烏第內電影展

其實我還蠻相信，雖然東西方的青春成長過程不一樣，對愛情的觀念與理解也不盡相同，西方開放，東方保守，等等之類的刻板印象，但只要所謂的愛情，就是珍惜對方，全心全意爲對方光芒四射地付出，那麼，「那些年」的愛情便能被西方人所理解。

我也是一個講求證據的人，爲了避免被揣測我在公堂之上亂講大話，當電影進入婚禮的橋段時，我偷偷打開手機，錄下滿場觀眾的眞實反應……

等到柯騰毅然決然衝上前時，全場大笑，然後是大笑又大笑，掌聲四起，眞的是讓我全身都發熱起來啊！

影片結束後當然還是洶湧的熱烈掌聲，長達幾分鐘我就沒仔細計算了，總之熱烈到讓我很感動，也很榮幸，只能不停揮手跟鞠躬，表達我的狂喜，我眞的很開心可以來參加義大利遠東電影節，令我深深感受到，一部作品在感動上的延展性是多麼地強大，希望一起完成電影的夥伴們可以爲我們的作品感到很驕傲！

謝謝！謝謝啊謝謝！

此外也收穫很多！

檢討起來，唯一的缺點反而是，英文字幕翻譯得太精準，甚至翻譯得太接近原意地太完整，導致每一句話都翻譯得有一點點過長，字又小，讓必須仰賴英文字幕看電影的義大利人有時會措手不及（我們的英文水準應該不下歐洲人喔，平均英文水平可以以此類推），有幾次都是等到換下一幕，前一幕的笑點才忽然爆炸開來，我想下次的英文翻譯可以直白點，意

帶著女孩一起來義大利真是太好了。

來威尼斯，一定要搭小船。

後來買了其中一個達利的鐘。

思點到即可，比較符合影展生態。（或乾脆做一個影展版的速讀式英文字幕？）

明天要參加亞洲導演的集體映後了，祈禱我的位子被排在杜琪峰導演旁邊，讓我可以近距離感受一下我偶像的魅力啊！

2012.05.12

車子被刮到卻心情不錯

正在彰化的某咖啡店寫《獵命師傳奇》中。

剛剛廣播了我的車號，叫我去櫃檯。

我看見一對神色緊張的夫妻（應該是夫妻吧？）向我鞠躬，他們說，剛剛停車時不小心刮到了我的車，我跟他們去停車場看，幹真的前後門都被刮到了，這一下刮得蠻慘的，印象中幾萬塊跑不掉。（是的，我自己刮到過，一個門重新烤漆的話，自己獨立一個價錢，兩個門就是兩個價錢）

他們一直拚命道歉，尤其是那個男的，更是一臉發青。

但我卻很認真跟他們說謝謝。

老實說我今天早上從台北開車回彰化，還特地先去洗車，把車子洗得亮晶晶好過母親節，一旦我寫好《獵命師傳奇》離開咖啡店，走到停車場取車時，才看見剛洗好的車子被刮成這樣，我一定會暴怒！

畢竟我以前也不小心刮過別人的車，當時是半夜兩、三點吧，（很巧，也是在這一間咖啡店的停車場，眞是命運啊），我剛寫完小說要離開，倒車太快，撞到一台Lexus休旅車的屁股，但我除了拍照存證外，還做了兩件事，第一，我去櫃檯廣播倒楣車主的車號，結果沒人來（研判是附近民眾亂停進來），所以我留了一張紙條給櫃檯，上面有我的道歉跟電話號碼。第二，我留了一張紙條在他的擋風玻璃上，同樣是道歉，以及附註了我的電話號碼，請他處理好了打電話給我，我會老實付錢。

（那個時候我剛剛拍完「三聲有幸」，隔兩天我就要去香港宣傳，的樣子。）

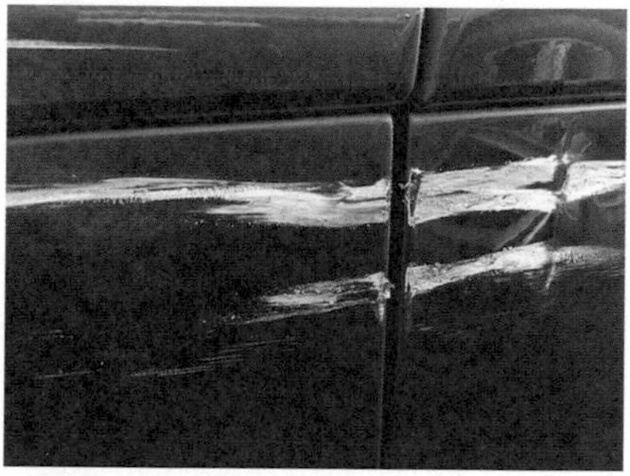
男人的車！

既然我是一個會這麼做的人，我也希望別人可以將心比心這麼待我。

如果別人撞了刮了我的車就逃，我眞的無法原諒，我會很生氣很生氣。

但這一對夫妻沒有逃走，他們不小心刮了我的車，原可神不知鬼不覺跑掉，卻硬著頭皮回到咖啡店

我不懂為什麼精誠中學要蓋這麼一個醜陋的大屋頂。

跟我道歉，看看我要怎麼處理。

嗯啊，我剛剛跟他們一直道謝，跟他們說：「謝謝你們跟我說。」

雖然我也請他們留給我電話，事後怎麼處理我再聯繫他們，但我想我不會聯繫他們了。

我不是聖人，超級的不是，我會犯的錯比十個人一輩子加起來還多，但他們給了我不必去費神調閱監視器的非常好的心情，我也很樂意給他們不用花錢幫別人的車重新烤漆的好心情。

這點我還做得到。

只是我很懶惰，什麼時候我才會找到時間去烤漆我的車，遙遙無期，又，一想到我要度過沒車可開的幾天，實在是，好煩啊！

——好了，我要繼續在同一間咖啡店，進入東京戰鬥了。

超隨便的隨便亂寫

2012.05.28

剛剛從香港回到台灣。有一點感觸。

其實現在我已經沒有那麼常辦簽書會了。

剛剛在一個讀者的臉書上看到她大學畢業舞會的照片，想起第一次看到她，是在《少林寺第八銅人》在建國南路的金石堂二樓簽書會，她由兩個男生陪著（感覺是一起追），我亂叫她小魔術師，因爲她在現場亂變一些很無聊的魔術給我看。

那時她才剛剛上高中吧？感覺有點古靈精怪，也因爲她偶爾會來簽書會，久了我也記住了。

話說有好幾年，有幾十個讀者都有我的手機號碼，那時反正沒人理我，有人問我要，我就給，除了少數幾個雞八毛眞的會惡作劇無限騷擾我之外，其實大多數有了我手機號碼的讀者都很有禮貌，不會半夜叫我起床尿尿。

小魔術師也有我的電話。她從沒眞的打給我過，但她過年都會傳簡訊祝我新年快樂。

她剛上政大時，我正想寫一個小說，叫「因爲是妳」，女主角是一個必須考上國立大學的笨蛋，於是我問她，有機會請她吃個飯，請教她如何考上政大的考試準備法，小魔術師很高興，說好沒問題，等我約她問問題。

但幹，這個小說我只寫了一點點就擱下了，轉跑去寫了《拚命去死》，「因為是妳」就擱著。

一晃眼，小魔術師就長大了。喔喔喔喔喔都大學畢業了。然後我一直沒請成這頓飯。

我想，即使某一天我決定重新開工這本書，小魔術師她啊，肯定已經忘了如何考大學。對不起了這頓飯。我只是想說其實我沒有忘記。

不免有一點點感傷。

或許是因為我從事的工作／興趣／專長，就是創作，不管是寫小說或寫劇本或拍電影，都讓我處於一種無視時間流逝的自我青春狀態，我一直寫，一直寫，一直寫，一直做我喜歡做的事情，所以常常忘記我還是處於時間的拘束之下。

但還是有很多細節去提醒我，我其實沒有那麼年輕了。

有時是熬夜寫作後的隔天，我奮力掙扎才爬得起床，還精神很差，不若十年前我根本無視熬夜。

我覺得我的身體跟不上我的心靈。

有時是我看到讀者一個一個長大，長得好大，看著他們抱著剛剛出生的嬰兒到我的簽書會，希望我替他們開心，忽然，他們又改成「牽」他們的寶貝到我的簽書會，提醒我，我啊，寫了好久了，寫到他們的寶貝沒多久就可以看我寫的童書了。

我快三十四歲了。

寫第一本小說的時候，我才二十一歲。二十一耶我的媽呀，那個時候我還眞的天天打手槍，有時候精神好還多打幾次。怪異的是，寫了十幾年，到現在還是聽到別人稱呼我作新銳作家，叫得連我都不好意思。其實我是感激的，新銳代表無限可能，代表年輕，代表一點點

華語傳媒電影大獎，那些年與賽德克。

我們拿了四座獎，是當天晚上的最大贏家呢！

的叛逆。我不知道還會被叫新銳多久，反正能當新銳就不當大師，能當現役選手就不想成爲歷史。一定的。

永遠有新讀者，我知道，永遠都有人剛剛開始翻我寫的書，從各式各樣的書進入我的世界。但十年前的老讀者怎麼也無法被取代。

看到我的讀者慢慢長大是一件很浪漫的事。

也許不再看我的小說了，也沒關係，眞的，沒關係，覺得幼稚覺得太淺覺得熱血無用論覺得沒進步都好，只要我想到自己的寫作一直有人從旁感受，許多人的青春都曾經與我的作品碰觸過，就很足夠。

可爲什麼我說足夠，但現在卻很感傷呢？

可見某個程度我還是不免口是心非。

我肯定還是很貪心。

所以不寫了，去洗澡，然後熬夜寫《獵命師傳奇》，明天早上再迎接必須償還的疲倦吧。

我自己打造了一個最佳女主角獎給妍希寶貝。

我車子上的兩道刮痕給我的，啟示

2012.06.14

想一想，其實噗浪跟微博，這兩種以簡單資訊為內容的媒介改變了許多人使用網路的習慣，我以前常常發blog文章，也很喜歡廢話連篇，卻也因為這一年以來的生活實在太過緊湊繁忙，時間變得瑣碎，於是我也很依賴噗浪跟博客，在破碎的休息時間裡寫點超級扼要的小文，眞正能讓我鬼扯的blog反而不太動了。

這是一個不大好的現象，從現在開始我要盡力導正回來！

那麼就用兩道車子刮痕開始逆轉吧！

話說我在前幾篇的blog裡提到過一件事。重新簡述。

某天下午我在彰化風尚人文咖啡館寫小說的時候，忽然聽到店內廣播，請某某車號的車主快點到櫃檯。一定不是好事，我忐忑不安地去了，原來是有一對夫妻在停車場不小心撞到了我的車，他們不斷道歉，並跟我說他們很願意賠償，希望我不要生氣。

我心驚肉跳地跟他們一起去停車場看了，幹眞的是刮很大，駕駛座前後兩個車門都損傷了，不僅要重新烤漆，還得板金，幾萬塊錢跑不掉。但我馬上轉而向他們鄭重道謝，我說，我得謝謝他們，因爲他們省下了我到處調閱監視器抓凶手的時間（我在寫《獵命師19》啊！），更讓我覺得人心美好，我不但沒有生氣，反而得到了非常好的心情。之後我傳簡訊跟他們說不需要賠償了。

直到今天，我還是沒時間做很多無關創作的雜事（王大明！給我滾出來！），到現在我的車子還是沒空開去修復那兩個車門，就連定期保養也延遲了兩千公里整。不過出乎我意料的是，每當我去開車的時候，看見車門上那兩道刮痕，我都會想起那一對可愛又負責任的夫妻，心情還是很好。

可就在前三個禮拜，我的心情不好了。

那天禮拜二，我開車到實踐大學教課的時候，車子開往地下停車場，當我即將從地下二樓開往地下三樓，行經往下的坡道時，一台機車與我發生擦撞。

爲了訓練單純用文字的描述力，也避免新聞隨意引用畫面（是的，我寫這篇blog不是用爲方便記者發新聞），我試著用全文字敘述當時擦撞的情況，不貼出任何監視器畫面。以下。

我聽到並感覺到車子的右側發生撞擊，我才發現有一輛機車撞上了我。

當時我還搞不懂怎麼會被撞，於是我停下車，拉下副駕駛座的車窗大聲問：「同學有沒有事？」

但他一點也不理我，果斷將機車倒車，然後加速駛離。

我大驚，馬上打開車門，在他的後頭大叫：「同學！不是這樣的吧！」

好吧，比起那位同學毫不猶豫地逃走，我承認我這麼大喊很娘砲，而且我喊得很大聲，喊得連正在停車場走路的其他同學都忍不住回過頭來。

可那位同學的背影依舊充滿了一種「既然我已經決定了，就沒有什麼事可以阻擋得了我，我要！逆天！」的堅毅氣勢，死不回頭。

所以我馬上回到車子裡，倒車，想辦法追上去。

很遺憾我並不是藤原拓海，所以我根本沒有看到那位追風少年的車尾燈。

怎麼辦？

鄉民常說：「跟鄉民認眞的話，就輸了啊！」

儘管在網路上我常常擔任被酸被罵被數落的角色，但我不只是鄉民，我還是一個很認眞的鄉民，在眞實人生裡，我做了當天最正確的一件事——看了一下手錶。

十點十四分。

在那一瞬間我已經決定了，今天，我要很認眞。

當天上完劇本課，吃了飯（我知道接下來我會耗掉很多時間，要吃飽先啊！），我就去實踐大學的教官室找教官，教官看到我很高興地打招呼，害我有點不好意思地說：「教官不好意思，其實我來不是什麼好事，今天早上有個學生撞了我的車，逃走了，所以我想調停車場的監視器把他找出來。」

我仔細說明緣由後，教官虎軀一震，立刻帶我去總務處（原來是總務處負責監視器啊！長知識了！）找負責監視器設備的王先生（應該是王先生吧），讓王先生帶兩個同事跟我一起調閱停車場監視器畫面。

調閱監視器畫面的部分其實很有趣（很多小細節），對以後我在寫犯罪小說的時候一定頗有幫助，總之我津津有味地看著王先生用加藤鷹的指速操作儀器辦案。

由於事故發生時我迅速看了一下手錶，我很確定是在約十點十四分時發生的擦撞，所以王先生很快就找到了在那個時間前後「所有的監視器畫面」。一共有ＡＢＣ三段畫面。

首先，我們找到了最關鍵的汽機車擦撞現場的畫面，亦即案發現場在B2至B3的坡道，非常活潑生動。姑且稱爲Ａ畫面。

在A畫面裡，可以客觀地發現幾個事實。

1. 我有打向右轉的方向燈（向右轉是往B3的停車場坡道）。
2. 我的車速很慢（前面的每一台汽車都開得比我快很多）。
3. 那位同學以極貼近我車子右側的方式在騎車，似乎也要往B3停車場。
4. 那位同學果斷沒有往下至B3停車場，而是倒車從B2直接逃跑。

A畫面並沒有辦法完全說明在這個擦撞事件裡，是我對，或是學生對。

我當然說我車速慢，可基本上是我的感覺問題、跟比較前車車速問題，不見得眞實。我說我打了方向燈，畫面也顯示我眞的有打方向燈，但有打方向燈不代表我就無敵了。

BUT！

人生最精闢的就是這個BUT！

BUT不管這個擦撞是誰的錯，A畫面眞正的意義在於——這個學生完全不處理事故，他當機立斷逃走了。也由於他果斷逃走的精神，我想之後稱呼他爲「肇事者」應該也是很合乎邏輯的。

但很可惜，在這個極生動的A畫面裡，我們無法看清楚肇事者的車牌號碼。

所以王先生往後調閱了約十五秒後的停車場B1至一樓的出口，那裡有一個管制閘門，上面裝了一台監視器，那一台也拍到了肇事者的離場畫面。我們姑且稱爲B畫面。

在B畫面裡，可以客觀地看見這位同學騎機車衝出學校熱情奔放的模樣，但，還是沒辦法看到車牌。

雖然無法確認肇事者的身分，可B畫面不是廢物，它說明了，這位同學肇事後的第一行動是馬上離開學校。

於是王先生往前調閱了約十五秒前的停車場入口畫面，也就是說，從地面1F，要到停車場B1的過程中，有一個管制閘門，上方同樣也有一台監視器。這一台監視器清清楚楚拍到了這位肇事者的車牌號碼，我們姑且稱爲C畫面。

在C畫面裡，有兩個意義。

第一個意義，當然是揭露了這位肇事者的眞實身分。

第二個意義，是這位肇事者剛剛從學校外進入學校內。這個意義尤其重要。

好了，串起ABC三個畫面，可以客觀地用很簡單的描述以下：

同學從校外騎機車進來，在B2至B3的坡道旁不小心撞到了我的車，我停車，開門下車想處理，同學卻馬上倒車飛速離開擦撞現場，不理會我的大叫，馬上離開學校。

以上描述全部不講內心戲，僅僅是畫面陳述。

王先生與兩位同事取得C畫面裡的同學車牌號碼後，向我保證一定會聯絡到那位同學，我很感激地離去。我眞的很感謝實踐大學教官與總務處的幫忙，雖然只有三段有用的畫面，但我們花了快兩個小時在許多不同位置裡的監視器中，努力思考這個同學可能的路線才捕捉到全圖，也幸好我記住了案發時間，否則這些過程一定會耗掉更多無謂的精力。

不瞞大家說，其實我的心情在不斷調閱監視器的過程中已經得到很大的滿足，因爲我這輩子從來沒有調閱過監視器，而我調閱監視器的理由不過就是車子被撞讓我很不爽，而不是眞正的慘劇。現在調閱監視器的結果並非徒勞無功，我們有了一個很清晰的車牌號碼，我很高興，也很感激，也覺得滿街到處都是監視器幹眞的好恐怖。

實踐大學效率超高，當天下午教官就打電話跟我說，同學神速被找到了，也承認肇事，問我要不要自己跟學生私下談和解，他可以給我學生電話，或者給學生我的電話（拜託不要！）。

我說，我絕對不想私下談，免得到時候被亂傳我欺負學生，所以我希望跟這位肇事者約下個禮拜二早上九點半教官室碰面，教官一定要在場，理由一樣，我希望我跟這位同學的對話有個第三人作證，而這個人最好是可以保護學生的教官，我可是絕對不想被認爲我以任何形式去欺負學生。

教官同意了，那位同學也同意了，所以我們把鏡頭挪到一週後的早上九點半。

那一天，教官並沒有參與我們的對話，但教官做了更好的處理，他請了那位同學系上的老師陪他，我想同系的老師比教官更認識那位同學，更懂得如何維護那位同學的權益。我欣然同意。

我一坐下，就表明我想全程錄音，我說，因爲

很多人都喜歡無中生有關於我的壞話，往往莫名其妙（但基本上罵我很色或很幼稚都是正確的，我無法反駁），所以我希望，如果有人會將今天談話的內容從這裡帶出去，試圖扭曲我，屆時我有一份錄音可以證明一切過程。老師與同學紛紛表示同意。

所以以下內容全沒有奇怪的內心戲，都有記錄，來自我的手機錄音檔案。

首先，同學一臉尷尬地稱呼我爲教授，並道歉，他說那一天他撞了我的車，沒有馬上停下來處理，因爲他很趕著回家拿東西，而且我沒有搖車窗（我有搖），也沒有下車（我有下車），他想我應該沒事吧（我在車上是要怎麼被摩托車撞到有事），所以他就走了。但後來教官跟他說，他這麼離開就是肇事逃逸，是不對的，所以他要跟我說聲抱歉。教授，對不起。

嗯？

我說，我們今天先同意一件事，那就是要誠實，都不要說謊，好嗎？（同學說好）。我說，那同學你要不要再把過程重新說一次。

同學尷尬地重新講了一次，故事基本上一模一樣，只是補充了一些小細節，比如他上課上到一半，忽然想起有東西沒帶，於是趕緊走到停車場裡騎機車，離開學校。

這一次，我就忍不住說了：

我之所以會心平氣和出現在這裡，就是因爲我已經打算原諒你了，但我想原諒你，你必須給我一個可以原諒你的理由，那就是誠實。所以你要不要再把故事講一遍。

同學重複一遍基本上毫無變動的故事。他本來在學校在上課，前一堂課上完了，他忽然想起有東西沒帶，衝去停車場騎車，然後撞車，然後不知道撞車後應該處理，看我沒事，所以離開，沒聽到我在後面大喊。

我眞的很失望。

我說，我有打方向燈，監視器也拍到了，你沒看到，沒關係。你說我沒下車，但我眞的下車了，監視器有拍到，可這也沒關係。你說我在後面大叫你沒聽見，但我叫了，監視器也拍到幾個同學都被我嚇到而轉頭，但這還是沒關係。所以眞正有關係的是什麼？同學，你之所以會被拍到車牌，是因爲我們找到一個監視器畫面，而這個監視器畫面是——**你在撞車前**

十五秒才騎車進入學校！

同學一臉迷惘（眞會裝），說，我不知道耶，可是我之前眞的在學校上課啊。

我說，可是畫面就拍到了啊，拍到你之前沒在上課，而是剛剛騎車進學校。

同學一臉迷惘與不解（眞會演），說，可是我眞的是在上課啊，我也不知道怎麼解釋，但……但既然畫面會說話，那就這樣好了。

我傻了，那個陪同同學的老師也傻了。

我問，什麼叫既然畫面會說話，那就這樣好了？

同學迷惘又無助地說，他不知道怎麼解釋（解釋靈異現象嗎），但，既然畫面會說話……那就也只能這樣了。

我很嚴肅地說，所以同學你之前並不是在上課，所以你也絕對不是想到有東西沒帶才匆匆騎車離開學校。整件事情的眞相就是，你剛剛從校外騎車進地下室，撞了我，然後完全不想處理就逃走，馬上離開學校。這就是畫面拍到的所有事實。

同學看著我，迷惘又無奈又無辜地說，雖然他之前眞的在上課，但既然畫面會說話，那就這樣吧。

此時那位老師也著急起來了，對同學說，你不可以這樣，人家老師好好跟你說要原諒你，只要你誠實說出來就沒事，你怎麼可以一直說這種不負責任的話！

同學無辜地深深嘆了口氣，說，既然畫面會說話……（眞的是不停重複這句）

我非常非常地失望。

我說，我給了我們彼此一個禮拜的時間再來處理這件事，我不知道對你的意義是什麼，但我自己很感謝有這一個禮拜的時間讓我想清楚該怎麼辦，讓我決定不生氣，而是好好原諒你。畢竟前幾天我的車子才剛剛被撞，我也因此寫了一篇部落格（此事不贅述，總之我在教官室裡好好講了一遍之前的故事），所以我總覺得可以收到一份好好的道歉是很幸運的事，我都很願意原諒對方，甚至還會很感謝別人這麼誠意待我，我也很樂意放棄索賠去鼓勵對方以後也要那麼誠實善良。

但你不是。

我是一個老師，你是學生，在學校裡你的車撞了我的車，我註定不能向你求償，不然被別人說老師逼學生賠錢，講出去多難聽？事情有是非曲直，還有監視器畫面幫忙，別的老師或許可以堂堂正正叫學生賠，但我還是不行，只因爲我是公眾人物，我就沒辦法好好主張我跟別人擁有相同的權利，否則就會被說我欺負學生。這件事我註定無法向你索賠的，我知道，這是我的天缺。

但如果今天我對待在停車場默默撞了我車子、卻還是眼巴巴跑來跟我道歉的人，跟，對待一個在我眼前撞了我的車、並在我眼前不管我大叫就逃跑、甚至還對我一直說謊的人，我一樣地原諒，一樣不索賠，一樣地說謝謝沒事了，那我的立場在哪裡？我不過就是一個，什麼人撞了我的車，都只能默默吞下的毫無原則的爛好人。

所以，我不會原諒你。

你不用擔心我會請學校用校規處罰你，也不用擔心我會去警察局報案你肇事逃逸，我無法這麼做，也不能這麼做。**但我沒有原諒你，因爲你並沒有給予我唯一可以從這張桌子裡拿走的東西，那就是你的——誠實。**

我起身走了。

老師送我到走廊，並代替學生跟我道歉，他說他很理解我的無奈，而這種無奈很多老師都懂，他會繼續留在教官室裡跟學生溝通。

我謝謝老師的好意，快步去我的教室教我的劇本課了。但我完全不在乎那個縮在教官室裡一臉無辜的學生在想什麼，或是他會從剛剛那場對話裡思考到什麼學習到什麼，畢竟這一切究竟發生了什麼，我的心裡很雪亮，他的心裡很雪亮，監視器的畫面也很雪亮。

我給了很多機會，但這位同學依舊反覆做了相同的選擇——就如同那天他毅然決然選擇了倒車、無視我開門大叫、加速逃離學校一樣。

這篇blog文裡，我除了不得不提到實踐大學外，我沒有提到這個同學的科系、學號與姓名，也沒貼出那三段監視器畫面曝光學生的長相與機車，我不是想保護學生，而是想保護我自己，避免被道德魔人糾纏不清。總之這瑣碎的故事我記錄完了，我又回到以前那個愛亂寫blog的九把刀了。

我現在接近我的車，就會看見兩道怵目驚心的刮痕。

一道在駕駛座側，在彰化風尚人文咖啡館停車場被撞。

一道在副駕駛座側，在實踐大學停車場被撞。

我通通沒時間開去車廠處理。

義大利小鎮隨便拍都很好看。

不過我真高興落在駕駛座旁的是彰化那道刮痕，如此一來，每次我要打開車門的時候，那道刮痕就能提醒我，這個世界還是有很多誠實善良的好人，提醒我，得到好心情永遠比得到賠償金還寶貴。

至於另一道刮痕？

嗯……這個……那個……

……我想我還是找個時間去車廠重新烤漆板金一下好了。

再見囉，我教了四年劇本課的實踐大學（考題分享）

2012.06.15

因爲特殊的緣份，實踐大學成爲我第一間去教書的大學，這一教，就是四年，我連大學都可以畢業一次了哈哈。

韓國宣傳那些年。

這四年的教學，讓我有機會仔細整理這幾年來我對創作的一些想法，使之變成一套課程，在創作上我幾乎是完全使用直覺的本能派，但換到教學上，直覺無法傳授，所以我得常常停下來，自我分析我這樣的直覺所謂何來，我創作的過程使用的招式背後的意義是什麼，另一方面，我也開始整理我很喜歡的漫畫，整理影響我非常深遠的電影，重新閱讀它們，也等於重新閱讀了我的起點，並試著從裡面創造出我能教課的素材，製作只屬於這堂課的教學投影片。

我自己也學習到很多我以前從來沒有發現過的——

我是怎麼思考的。這樣的細節。

這四年眞的是不可思議的四年。

剛開始我去教劇本課，很多人都覺得很扯，畢竟我不是一個專業的電影編劇或電視劇編劇，憑什麼去教劇本，是的，正因爲我不是一個專業的編劇，但我偏偏認爲創作之道是一心以貫之，只要理解箇中訣竅，劇本不過是另一個文本形式，對於「故事」的營造才是最重要的。

九把刀期末考考題

題目一。
基礎情境：非常嚴格的期末考，徹夜未眠的你提早半個小時走進了教室。冷清的教室沒有人，只有一個大紙箱放在講台上。大紙箱在動，動得越來越厲害。
要求：以電影來說，必須是一個至少十五分鐘的短片長度。

參考問題：
這是什麼課程的期末考？
你的個性？
你對教室環境的分析？
你對大紙箱裡的猜測？
你會採取什麼行動？
你的內心衝突是什麼？
你想藉此表達什麼？
大紙箱裡面到底裝的是什麼？

題目二。
故事：你意外發現你的同學是一個殺人兇手。
要求：以電影來說，必須是一個至少二十五分鐘的短片長度。

參考問題：
這是一個寫實犯罪故事？奇幻故事？少年偵探故事？還是？（基礎世界觀）
他是一個什麼樣的殺人兇手？他的罪行是？（角色）（創意）
他是你的好友，還是不熟的同學？（關係）
你有夥伴嗎？還是獨自奮戰？（角色）（關係）（劇情）
他對你的發現，有沒有察覺？（劇情）
你打算怎麼做？報警？暗中蒐集證據？參加他的犯罪？（劇情）
他又打算怎麼回應你？（劇情）
你的個性是？他的個性是？（角色）
你想透過這個故事表達什麼？（主題）
結局是？（創意）

我想證明這一點，所以還是厚著臉皮去教了。

在這四年裡，我首先一邊教寫第一年的劇本課，一邊拍了我人生中的第一個電影短片，「三聲有幸」。

這一年的學生我的印象最深，名字也記得最多。

第二年我開始著手準備，電影，「那些年，我們一起追的女孩」。

每次上課剛開始的十分鐘，我都會叨叨絮絮我籌備的困境，這一年的學生聽了非常多記者沒聽過的幕後祕辛，聽我說找不到錢，聽我說我找了很多男明星飾演柯景騰都沒有人願意，聽我怎麼喜歡陳妍希非得她當女主角不可，聽我如何想要在精誠中學拍「那些年」的執念。

第三年，我已經開始拍攝「那些年，我們一起追的女孩」。

這一班的學生同樣聽我說了很多「那些年」的創作過程，因爲，我就正在拍攝跟後製啊！

這一年我教得比較不好，因爲我眞的太累了，我的心放在電影上比在教學上還要多很多，回想起來眞是抱歉啊這一屆的學生們哈哈！

這一屆的學生也聽我訴苦了很多拍電影的快樂與悲傷，他們甚至非常清楚「那些年」的眞正成本。

第四年，也就是這一年，我已經拍完了「那些

九把刀期末考考題

「如果怎樣，然後怎樣」

題目一。

設想一個特別的方式，一個足以讓世界毀滅的方式。
這個毀滅世界的事件或方法是什麼？創意在哪裡？
世界如何因應這一場重大毀滅事件？
需要哪些職業角色？需要哪些關係角色？
這些角色如何隨故事的進展有所成長？
如果你打算給一個沒有希望的結局，理由何在？
如果你打算給一個逆轉勝的結局，逆轉勝的方法是什麼？
能夠透過這個故事，建立一個什麼樣的主題？

題目二。

如果有一天，你在便利商店買到了一份報紙，拿在捷運上看，
越看越不對，赫然發現那是一份五年後「某一天」的報紙，然後呢？
以下提示，但每一個提示不見得需要被作者解釋，或書寫。
請利用以下提示製作故事大綱。

來自未來的報紙的來源為何？
那一份報紙的頭條是什麼？
如何確認報紙的資訊內容的確是來自未來，而非惡作劇？
報紙上哪些內容跟你是有切身關係的？
知道了未來，你會做出什麼樣的改變？
你會想跟其他人分享這一份報紙嗎？
故事的結局？故事的主題？創意在哪？

年」，並開始宣傳，因此我也蠻內疚上學期請了不少假在飛來飛去，上學期的劇本課，我照往例教的是故事創作原理，不講劇本，下學期的劇本課，以前我都會拿很多短片出來請學生實際拆解，以劇本的形式，但這一次我根本捨不得上別的故事，甚至也捨不得把時間讓給學生做課堂報告，幾乎每一堂課，我都拿來上劇本，「那些年，我們一起追的女孩」，我將第一次寫好的劇本「那些年」，跟場次最多的版本劇本，跟最後拍攝確定版的「那些年」劇本，一口氣都拿出來上，作文本比較，也一邊放電影片段陪襯，跟學生講解我第一次寫為什麼是長這個樣子，有哪些缺點，跟我愛不釋手的小細節，過程的所有修改的原因又是什麼，為什麼哪些場次我寫了不要，為什麼某些場次我非得要增生出來不可，總之，我很高興我花了整整半年，在講解「那些年」的劇本的起點，與終點，以及所有過程的跋涉，並為這一趟劇本刪減增改的每一個小細節做了最極致的總整理——

我已經寫好了「那些年」的劇本創作書，謝謝。

我超高興最後一年我最認眞。

這也是我認爲我可以暫時離開學校的原因。

這四年，無一年例外，就是自願來旁聽的學生，總是帶著班上最積極認眞的一張臉，最早到，眼神也最強烈，這是一個很好的現象，因爲我教的是必修課，即使對我的教學不感興趣的學生，還是得強迫自己來上課（sorry啦！），但眞正的學習永遠都是自動自發的，我在準備教材時永遠不理會其他老師怎麼幹，也不去看其他編劇寫的教學書，因爲我知道，如果學生想學別人的劇本寫作法，那就去別人的課堂學習，或是買別的編劇家寫的理論書即可，但一期一會，我們這一生大概就是相遇一堂課在這間教室裡，我眞正拿手的，是我自己的創作法，即使不認同我的創作招式，聽一年，拚了命地反駁我對抗我批判我，也會是很棒的收穫。

2012九把刀期末考考題

首先對不起大家，幾乎對不起已經是這學期我的人生主題。
男子漢該做的事下學期繼續再做，學期末最後的考試先請完成。

以下列七個情境作為故事元素，寫出一篇故事大綱（不是短篇小說）。
每個元素盡量用到，不需全用，用得好比用得多更重要。
至少用三個元素。
需在故事大綱之外，各以一句話點出此故事的創意，與主題。
絕對不可寫超出一張A4紙，字體務必端正、充滿正氣、大一點。
拜託寫姓名座號。
12:05準時收卷。

1.一間只要殺人，便能打開穿越時間（或空間或？）之門的廁所。
2.一個跟朋友打賭，乃至失去某種重要東西的人。
3.一隻會在特定時刻說話的動物。
4.跨年倒數前人擠人的廣場。
5.一心一意想減肥的胖女人（或男人，或？）。
6.教室裡未完成的某個科學實驗或團體作業。
7.用麥克筆寫在手臂上的黑色字串。

提示：
故事類型不拘。
角色的個性與行動動機並未在故事元素中提及，請自行補充。
動物沒規定是什麼動物，也沒規定是寵物。
其實模糊地帶都是創作空間。
多問自己為什麼，花時間思考故事想表達什麼意義。
不要只是單純做「元素連連看」的無意義串連，白痴都會連連看。
自己當然可以加進劇情所需的更多自創元素。
用凝。

我教我的九刀流，才是我的眞正誠意。

所以我很喜歡有人旁聽我的課，如果是正妹那就更完美了哈哈。

——因爲我愛死了認眞上課的表情。

我常常跟學生說，記者只能採訪我一個小時，然後就要寫一篇關於我的報導，鄉民只能從種種二手傳言與二手報導裡想像關於我的一切，來聽我演講的聽眾只能從兩個小時的過程中感受

第三年實踐劇本課期末考 / 九把刀

以下列表列元素，破壞、整合、擷取、自我擴充、再生產一個新故事。

1.連續十七天作同一個夢的人。
2.在馬路轉角失去五分鐘記憶的人。
3.誤殺路人的老警察。
4.質疑現在天上的月亮根本是被掉包假貨的科學家。
5.晚上聚集在麥當勞開會的詐騙集團，神色凝重地看著桌上的？
6.某人突然發現口袋裡多了一張奇怪的紙條，寒毛直豎。
7.喜歡拿著手機偷拍裙底春色的色狼，意外拍到？

解題需求：

1.至少選取四組元素。選取越多並盡數漂亮組合當然分數越高。
2.詳細列出故事大綱，並簡單寫出故事的創意、主題、角色。
3.直接寫在考卷背面，不能超過一張A4。練習不廢話也很重要。
4.記得寫上學號與姓名。
5.12:00準時收卷，不要娘砲拖拖拉拉。謝謝。

提示：角色性別、職業、個性，都是決定故事走向的瞬間變項。

不斷自我詢問有助於重建故事，以（1）為例，提示示範：

什麼夢？為什麼連續做夢？不做夢的時候他在做什麼？連續做夢前他是一個常常做夢的人嗎？什麼時候開始他發現自己連續作同一個夢的？他是男的還是女的？為什麼他是男的還是女的這一點很重要（或不重要）？發現之後他打算採取什麼行動、或不行動？採取行動後招致什麼結果？不行動的話還有發生什麼後續嗎？他的行動或夢境，與其他組元素有何相關？

九把刀劇本寫作課期末考試卷

題目：理想的考卷。

以剛剛看過的影片為靈感基礎，創作一個極短篇。

作答需求：
1.請寫出故事大綱。
2.在大綱裡提供角色說明。
3.一定要特別註明，這個故事想表達什麼。
4.字寫清楚。
5.寫上姓名與學號。

情境模組，提供參考：
這是誰出的考卷？誰該應答？在哪裡應答？
學校的考卷？不及格的下場？高分的獎賞是什麼？
是否存在作弊的可能？理想的考卷需具備什麼要素？
寫完考卷是否可以得到分數之外的收獲？那又是什麼？
考卷是否為紙張？應答方式是否是書寫？
理想的考卷是否真實存在？
考試是否是一個虛設事件？
應考的考生是否為人類？是否是活人？出題者是否為生物？
這是一個關於奇幻？愛情？恐怖？勵志？親情？鬼怪？科幻的故事？

謝謝各位同學客服萬難前來考試，
請代替我給沒來考試的同學一個溫暖的擁抱。

我，但，你們足足上了我一年的課，比起記者比起鄉民比起聽眾，你們才是真正的一手情報接觸者，很高興這樣的學生總共有一百六十人。

我很珍惜我們之間的緣份。

好了，四年了，雖然在嘴砲界有誰不認識我九把刀，但在實踐界裡我也自己動手拍了一短一長的電影，我想當初懷疑我夠不夠資格教別人寫劇本的應該可以瞑目了哈哈。

現在我有些疲倦了，我辭職了。

今年下半年我要繼續寫小說，寫《獵命師20》，寫《殺手》，寫《哈棒2》，以及寫第二部電影長片的第一個版本的劇本，然後再花一年慢慢籌備運作我需要被幫助被扶持被愛的一切，所以我沒有心力與時間去教課了，總之謝謝找我去教課的實踐大學媒體傳播設計系的老師們，謝謝系辦美女宛璇，當然更謝謝我的學生們，你們得忍受我隨時亂入熱情燃燒法甚至是鬼扯般的笑話，去取代真正精緻的系統教學。

希望此次別離，未來還是有機會回實踐大學教書，但希望是一堂可以自由選擇的通識課，我想這樣可以看見更多雙眼睛都充滿了鬥志高昂的意志哈哈。

同時也在這篇blog裡跟大家分享一下，我出過的幾次期末考考題，我想對每一個喜歡說故事的人來說，都可以激發各位的想像。

希望喜歡創作的我們，都能在這片大海上並肩作戰，互相打氣，一起戰鬥——一起笑啊！

冰啤酒真是夏夜的好朋友。

2012.06.19

今天謝謝租書店老闆送我一整套刃牙

今天回家，一身疲累，經過走路必定經過的那間漫畫出租店時，赫然發現它要停止營業了，門口上貼著大大的「限時大清倉」的字條，我的天啊，眞的已經到了最後節骨眼了嗎？

每次我經過這一間漫畫店，老闆如果在外面晃，我們彼此都會簡單打招呼，有時候我吃飽飯不想直接回家，也會在裡面看一本漫畫再走，通常是複習《第一神拳》、《進擊的巨人》、或是最新進度的《刃牙》。

對我來說，家附近有一間漫畫店紮營，實在是勝過一間警察局或一間醫院啊！

現在，它要吹熄燈號了，我的媽呀，我有點傻眼了。

漫畫店要關門，要出清大量的二手漫畫，我當然會想買二手漫畫回家收藏，但我眞的好累好想洗澡好想睡覺，買二手漫畫這種事就等一等吧……

不過我太了解我自己了，此時正在下雨，如果我回家幾乎不可能還想出門，於是我走進店，開始搜索有什麼漫畫是我想扛回家的。

第一時間我就發現了《刃牙》全套。（我家有新的範馬刃牙打原始人那系列，舊的沒收）

覺得自己眞是太幸運了，尤其感覺集數很齊全，更是爽呆。

我問老闆多少錢，老闆說不用了，送我好了，我堅持要付錢，說要幫他加油一下，但老闆無敵堅持要送，說他沒請過我，不如就送這一套漫畫say goodbye吧。

我想了想，也好，話說如果這一套漫畫我用買的回家，它就只是一套我買的二手漫畫，但如果是一個漫畫店老闆在最後一天營業日送給我的再見禮物，嗯，我應該收，因爲它是一套禮物，我很喜歡《海賊王》，很喜歡《獵人》，但這兩套漫畫太熱門了，我不敢說我自己是頭號粉絲，不過，在我認識的所有地球人類裡面，沒有一個人比我更喜歡看《刃牙》，沒有人比我更熱愛研究《刃牙》，沒有人比我更認同範

非常重！兩大袋提著，我真的很怕提到一半袋子破掉，我就糗斃了～～

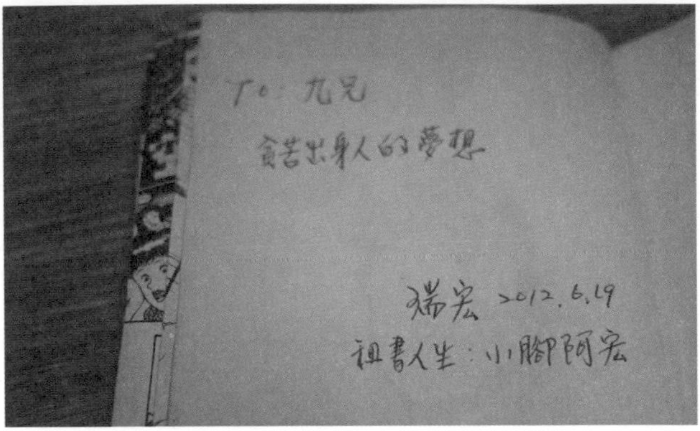

馬勇次郎喝斥「一切都是不純物！」那種霸王表情啊！

所以這一套作爲再見禮物的漫畫我就收下了。

我請老闆在刃牙第一集的內頁寫幾句給我，於是……（上照）

嗯嗯寫得眞好，我收下了。我會好好珍惜並反覆不斷看刃牙的！

老闆說，這些日子油電雙漲，房租跟著漲，漲到眞的他受不了了，醞釀了半年後，還是只好關店。

不過他說他比較幸運，還有一間位於土城的漫畫店，目前還撐著。

因爲他送我漫畫，很夠意思，所以我就幫忙一下打個廣告吧哈哈。

希望老闆阿宏繼續加油，不要放棄，畢竟漫畫店是我的第二個家（電影院是第三個家，圖書館是第四個家），我大學時代與研究所時代最美妙的時光，都是在漫畫店電影院圖書館度過的，即使我後來漫畫幾乎都用買的，拚命塞滿書櫃，但漫畫店還是很棒的存在，眞希望我家附近還是可以再新開漫畫店啊！

陪我久一點啊妳！

勃起婚禮上的可愛伴娘。

2012.06.25

恭喜天堂地獄結婚～～～希望是天堂，不是地獄啦！

先介紹一下，「天堂地獄」是尖端出版社的網路小說作家一哥，據說不一定賣最好，但一定最肥，兩個分數加總起來天堂地獄就穩坐尖端出版社的一哥哈哈～～

第一次遇見這個胖子，是在我書還賣得很爛的時候，我去政治大學演講，（是政大嗎？我怎麼記得是文化啊？）

演講結束後我爲大家簽書，這個胖子就一直擠過來，把幾百個正妹都撞飛了，硬要跟我認識，還拿了一片油滋滋的光碟孝敬我，要我回家一定要看……

嗯啊嗯啊就這麼認識了天堂地獄這個當時還沒開始寫書的創作者。

事隔多年，天堂地獄已經成爲了一方之胖，不！是一方之霸！（幹我還幫你打廣告啊！）

就在前幾個月，我在噗浪上說我不打算發行「那些年，我們一起追的女孩」的藍光，理由是我家沒有藍光，結果把大家嚇瘋！

這時悲憤不已的天堂地獄挺身而出，他打電話給我，說要送我一台限量版的海賊PS3，如此一來我用PS3就可以看藍光了。

我想了想……好吧，於是我就勉爲其難地出了「那些年，我們一起追的女孩」藍光版，但因爲我家眞的沒有藍光，所以「那些年」的藍光什麼鬼都沒有贈送，就是裸片一塊，比起超級無敵鐵盒版的「那些年」DVD，簡直就是亂出一通！哈哈哈哈哈～～～

總之！大家有「那些年」的藍光可以看，眞的要感謝天堂地獄上貢了一台PS3給我啦！

不過我有夠忙，一直沒時間跟天堂地獄約好什麼時候跟他拿PS3，所以我這輩子自己都

還沒看過「那些年」的藍光，事情就這麼奇異地拖著。

直到！

直到前兩個禮拜天堂地獄打電話給我，說他要結婚了，我先是好言開導他在地下室監禁少女凌辱是犯法的，再循循善誘他現在的台灣法律還沒有開放跟橡膠人形結婚的先例，最後更提醒他把電腦關掉把硬碟刪掉、到戶外走一走呼吸一下3D世界的空氣，但天堂地獄不爲所動，執意要結婚，我只好問他到底要找我幹嘛。

天堂地獄說，他想請我當證婚人，不知道可不可以？

我想了想，這輩子我還沒有到警察局保釋過誰誰誰，應該是很新鮮的取材經驗，一個衝動就反問天堂地獄什麼時候結婚，天堂地獄說，既然我那麼忙，那就我什麼時候有空，他就什麼時候結婚，眞是宅到爆的答案！

我說，好吧，只要你萬一有一天離婚的時候也找我簽字的話，我就答應幫你證婚。

天堂地獄就在電話那頭開始鬼叫了起來，說沒問題，如果他離婚也一定來煩我。

等到約定的那天……嗯啊，就是我有空的那一天晚上，天堂地獄帶著約定好的海賊王限定版金色PS3來到我家（眞好看耶！魯夫！），但出乎我意料的，他竟然眞的綁架了一位年輕女孩來我家說要結婚，我很震驚，我諄諄告誡他綁架無知少女是很嚴重的罪，一定要犯的話請到別人家裡犯，不要拖我下水。

天堂地獄靦腆地說，他不是綁架，他只是強逼這位女孩跟他結婚而已，我問了一下女孩她的意願，她只是吃吃吃地傻笑，還一直比YA，我有點火大，乾脆在結婚證書上大暴走。

最後祝福天堂地獄的婚姻，是走向天堂，不是邁入地獄。天長地久，永結同心，幸福快樂這樣:)

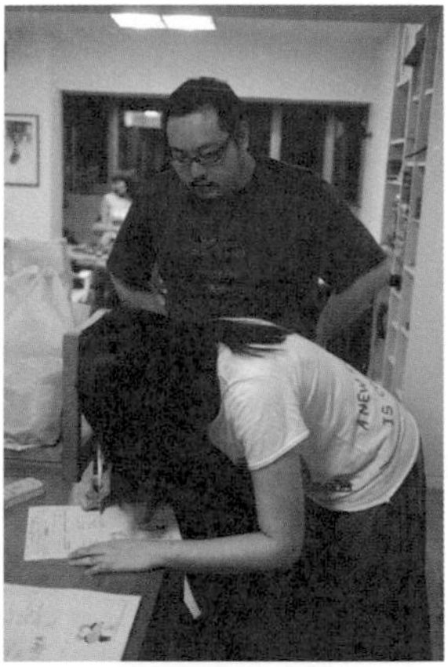

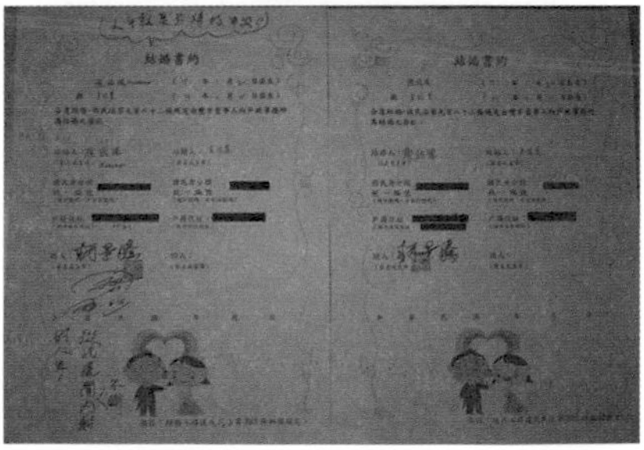

ps:話說我忙到裝了這台PS3之後，目前只有使用到一個功能……充電！

ps2:當大家看到這篇網誌的時候，我已經在飛機上了，「那些年」正前往美國紐約的亞洲電影節囉喔喔喔喔喔喔！

ps3：《獵命師19》已經寫完了啦，正在等封面出爐。話說我正在寫一個古老的短篇。

紐約亞洲電影節，我真是愛死了用英文自虐啊！

2012.07.05

剛剛結束了在紐約亞洲電影節的活動，兩場「那些年」的票都超賣，大爆滿，觀眾反應很熱烈，比起在義大利Udine的亞洲電影節，美國人的反應又瘋狂不少，也有很多來自當地華人的加油，彌足珍貴，在台灣一直很有爭議的打手槍等色色橋段，上次在義大利影展大家笑得很瘋，這次大家笑得更厲害，眞的是好險有拍這些有的沒的。

當然囉，我最珍貴的「最後十分鐘」再度爆炸出激動的笑聲與掌聲，不意外，卻也很意外。

當妍希跟我坐在裡面一起看電影的時候，我說，在拍電影的時候根本沒想到「那些年」能夠帶著我們在世界各地跑來跑去，這種發展實在是太扯了，妍希也同意我們實在太幸運，不過妍希也幽幽地說，算一算，

妍希寶貝得到Rising Star獎，這個獎在歷史上只有兩位女性得到過喔！

好少女的妍希！

或許紐約這場放映會是她跟我一起看的最後一場「那些年」吧，哎呀，於是有一滴滴的感傷。

影片結尾，妍希再度哭得稀里嘩啦，我想應該不是影片太感人，而是一想到這次紐約合體後會有一陣子看不到我，於是忍不住崩潰了。

我覺得妍希寶貝私下的隨興和白痴，比在鎂光燈前還可愛。

前天我們一起去吃早餐，坐在我對面的妍希忽然慢慢默默靠近她旁邊的好友，幾乎臉貼臉，還笑笑看前方，持續了約三秒鐘。

我看不懂她在幹嘛，她的好友也搞不懂，我們看著她，妍希這才呆呆地說她以爲要合照（根本沒人拿相機或手機好嗎），眞的很智障！

不過讓我自己印象最深刻的是，還是「英文」這一課。

雖然我有一個非常漂亮的翻譯小姐（兼很有氣質，還有可愛的小雀斑呢），而妍希更是英文爆強（不愧在美國唸過七年書啊），但大多時候我還是自己用英文回答現場觀眾、或美媒採訪的問題，不過我不是想炫耀我的英文很好，相反地，我覺得我的英文遠遠不夠好（最強時期應該是讀研究所階段吧），但我實在是太想直接回答問題了，所以我就用我有限的字彙去戰鬥，哈哈哈哈哈一開始不免有些緊張，但到了後來我完全陷入一種自虐式的快感，卯起來痛痛快快地講，幸好大家還是很買單我的爛英文哈哈哈哈～～

我是覺得自己的確勇氣可嘉啦，但也覺得有些不

結果美國人都很喜歡電影裡打手槍的劇情。

因為太笨了跑去做腦袋開刀的柯震東，在精神上也來了。

在路邊撿到一朵花要送妍希寶貝，竟然被拒絕。

好意思，畢竟英文太久沒用就會擺爛，我已經決定隨身背包攜帶一本英語雜誌，無聊就翻一翻複習一下，把這個習慣認眞持續個三年，三年後，如果還有機會跑影展，就可以把我腦袋裡的東西倒得更暢快吧。

原本，我是說，原本，原本我還很猶豫要不要到紐約這一趟，畢竟電影根本已經脫離宣傳期很久了，但我剛剛寫完《獵命師19》，心情輕鬆，還是決定要好好享受一下「那些年」帶給我的旅程，加上聽到妍希寶貝也有空去，那就是一定要去的了。

幸好有去紐約！

在紐約，每天都過著非常健康的生活，一早醒來，就先空著肚子寫一個多小時的劇本大綱，寫了五天竟然被我完成了下一部電影長片的劇本分場綱（眞的！會！非常！好看！預計明年開始籌備吧……），劇本寫到餓，再一邊吃香蕉一邊在網路上看台灣最熱門的燒鈔票淹鈔票新聞最新進度，所以出門去約會心裡都超級踏實的。

每一餐都在考驗我的英文閱讀能力，所以我都只點我看得懂的東西吃，很可恥，幸好美金比我還會講話。

我看了大聯盟洋基對白襪的棒球賽，很酷，下次想去看NBA，感受一下比棒球還要節奏快的職業運動氣氛。

我也欣賞了百老匯的「搖滾時代」，好棒，但很遺憾沒機會看到據說非常熱門的「蜘蛛人」百老匯戲碼。

我很喜歡蘇活區，那裡的美女密度應該是我生平僅見，待久了審美觀肯定會有激烈的改變。

在蘇活區的尾巴我買了幾個美式漫畫的公仔，對

終於來到紐約洋基棒球場啦！

這次女孩最可愛的照片應該就是這張啦！

紐約時代廣場，還是要宣導禁槍。

我而言最有收藏價值的是毀滅者班恩，整個看起來脾氣很暴躁，很壞。

今年我沒有要去香港書展，中斷了連續好幾年的好傳統，因爲去年在電影宣傳最密集最疲倦的時候，我對自己許下一個願望，那就是今年的七月或八月，我想要一個人到離島寫作一個月。

雖然工作壓來壓去，最後我僅僅獲得兩個禮拜的時間，但兩個禮拜實在很珍貴，我已經訂下澎湖的民宿，我想每天都過著睡到自然醒、起床不是寫作就是游泳的生活，我很想要，

毀滅者班恩。

這一款蝙蝠俠的披風很帥，我只好入手。

也很需要這麼一個只有自己的世界。

我應該會在兩個禮拜之內寫好一本小說當作我去澎湖寫作的果實吧。

所以對不起正好在我很想跟自己獨處的時候舉辦國際書展的香港啦，缺席了一次，實在是哈哈哈哈哈哈（打混過去），倒是在八月舉辦書展的馬來西亞我可以去YES！

（這次我要去古晉、芙蓉、還有吉隆坡，有兩個我沒去過的地方耶）

女孩最喜歡去時代廣場了，狂拍照了她。

2012.07.13

終於來到了我期待一整年的澎湖，孤獨的寫作與游泳開始！

今天早上眞的是好險，我的身分證與健保卡非常有可能掉在計程車上，或是根本沒有帶出門，所以當我傻在華信航空的櫃檯前時，眞的覺得自己蠢斃了，幸好曉茹姊即時請人從經紀公司拿著我的護照衝到松山機場給我，否則現在的我還在中和家裡睡大覺吧～～～

所以我現在在澎湖民宿了，預計待上兩個禮拜整。（我到過澎湖三次，這是第四次吧）我的目標很簡單，就是每天游泳跟寫作，我也想請教大家的意見。

1. 我發現星巴克倒了，幹眞的很慘，少了一個可以吹冷氣寫小說的地方。

2. 然後我發現一個還不錯的小咖啡店，似乎可以小待一下，但還是想請大家提供更多的、可以坐下來的咖啡店的選項囉！

我每天都要游泳，事實上我馬上就要出門游泳了，所以寫得很急。

我想問，除了游泳池之外，我可以騎車到哪一個比較安全的地方，直接游大海咧？

3.

至於其他更多遊樂類的東西我就先不問了，其實我只是想來澎湖放鬆心情，每天游泳消肚子、早睡早起、不停寫作罷了。

先謝謝大家啦！

我出門游泳了YES！

澎湖的大海真是太棒了。

2012.07.16

正式公布，九把刀第三代戰鬥T，禁槍治百病！

非常開心，這一次的戰鬥T來自於我的口頭禪：「禁槍治百病！」

所以我將第三代九把刀戰鬥T命名爲「禁槍戰鬥T」。

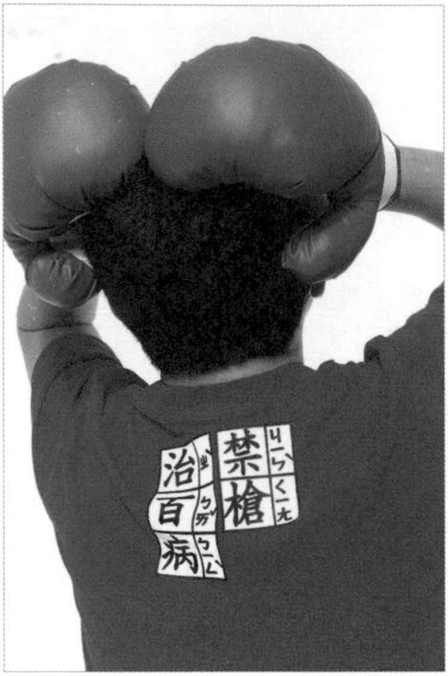

在設計方面，我找了強者插畫家Blaze幫我。（Blaze是《獵命師傳奇》的現任封面繪者，她正在畫《獵19》的大魔王封面啦！）

黑色T的部分，我們翻玩了明通治痛丹的概念，很好笑也很白痴，我尤其喜歡「人格正常發展」這一句，整個有智障！

背面是我的口頭禪「禁槍治百病」，我常常覺得衣服的背面空著很可惜，一定要印一點什麼厲害的台詞好防止小人插背！

↑上排左圖為黑色T的正面，上排右圖為背面。

紅色T的部分，嗯啊眾所皆知我很愛紅色，我每天拍片都穿紅色，紅色是幸運，也是最強的力量代表（紅戰士啊！），所以一定要做紅色的版本。

Blaze畫了一個很可愛的雙馬尾女孩，用認眞的表情比叉叉，就是要嚴厲地盯著你！同學！不要！不要打手槍！

至於紅色T背面的設計，也是言簡意賅，記得我穿紅色這件去百老匯看「搖滾時代」的時候，坐在我後面的老外用啤酒撞我的肩膀，問我衣服後面的中文字是什麼意思，我說：「STOP JERKING OFF！」

他整個笑歪了。（注意，是笑歪了，不是射了！）

雖然印量很少，但爲了藉故跟美女親近徹底命中這一次戰鬥T的核心意義，我特別找了四位美女跟我一起拍攝宣傳照，畢竟由大正妹來宣導禁槍的力量，比由手槍王本人我聲嘶力竭來得有效果一百萬倍！

這次的陣容是準人妻小仙女OSF、上班族美眉水晶、可愛大學生余妮、漂亮大學生可凡，每一個都是超級甜美可愛的。

拍攝那天，我讓她們除了穿上正常size的禁槍T之外，我也準備了特大號的男生衣服給她們試拍，走性感睡衣風，效果意外地很不錯，所以本來我全部只限量印了三千件，在看到拍攝結果後，我當機立斷加印了四百件（紅、黑各兩百件）特大號女生版本的ＸＬ號，不過我把袖子改短了，也就是說，拍照時小仙女跟水晶必須把過大的袖子捲起來，但到時候實際出貨的女版ＸＬ號，將會是袖子正常、但下襬寬大的模樣！

身爲經典款刀女郎的始祖女——小仙女OSF，雖然即將嫁作人妻，這次還是喜孜孜地從新竹豆花店飛車來拍照片，哈哈哈哈。

可凡。

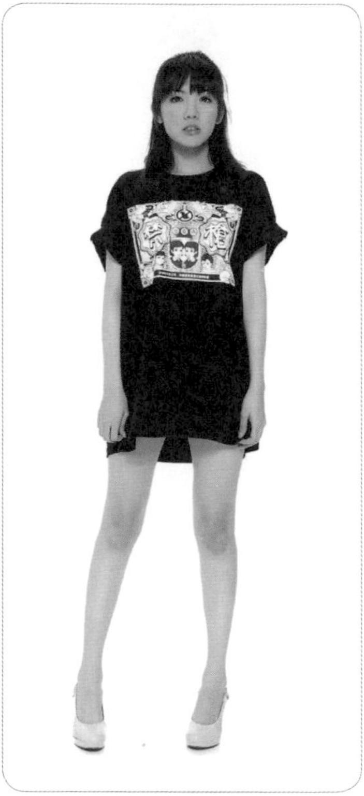

小仙女，給妳一個超厲害的特寫！

小仙女的眼神極度迷濛，貌似不識字，但不識字之餘卻瀰漫著一股「把！我！帶！走！」的窒息感，眞不愧是經驗老道可愛死了的小仙女啊！

還在唸台大的可凡一開始有點害羞，害我也跟著羞澀了起來，但拍著拍著，可凡就不自覺露出殺死人的笑容，她「好學生式的靦腆」讓這一件禁槍T充滿了健康與朝氣呀！

我想應該蠻多人都看過正妹水晶的，她現在在遊戲公司上班，但爲了迷倒眾生，她無可奈何請假一天來幫我，她將甜蜜的睡衣風詮釋到了極致，跳起來更是有一種「抓～～不～～到～～」的感覺，讓人無法直視啊！

水晶。

這種弱智的拍法只有我想得出來！
——拉馬尾。

還在唸輔大的余妮曾經幫過柯震東拍MV，她也是我們公司的新人，她綁著作弊等級的馬尾，表情俏皮，動作更是亂七八糟的活潑，彷彿是從安達充的漫畫格子裡走出來的女孩，非常大方直率喔喔喔喔喔喔！

上一次做第二代戰鬥T，是爲了製作電影「那些年，我們一起追的女孩」的動畫，當時電影的經費非常拮据，籌備困難，我又很想做橡皮筋射老二的特效，所以眞的有賴大家購買這件戰鬥T好讓我有錢可以做那些無聊透頂的動畫，那件蘋果T因而被我稱爲夢想戰鬥T。

爲了增加大家的收藏價値，我說蘋果戰鬥T一定是限量，當時估計的結果是，只要蘋果T都賣光，就剛剛好可以支付電影的特效，大家很有義氣地在兩天之內就掃光了幾乎所有的戰鬥T存貨。

結果電影拍完之後，東加西加，特效與動畫的預算超過了原先估計的五倍，五倍！害我只好抱著頭用ATM繼續加碼第二階段後製的投資。但我沒有因此反悔加印蘋果戰鬥T、再接再厲跟大家乞討電影資金，因爲限量就是限量，不能輕易自己打臉，這就是帥氣啦！（現在大家在任何網站上看到有人在賣蘋果戰鬥T，都是沒靈魂的盜版啦！）

我自己要穿的，所以細節上就不省錢啦！做到很完整:D

這一次製作第三代戰鬥T的心態就輕鬆多了，沒有要追求夢想，也沒有什麼特別感人的故事可以說，就是圖一個有趣好玩，做出我自己也想穿上街的白爛T而已，由於我不想要有存貨壓力，也沒有想要靠這件T征服天下，所以這次就輕輕鬆鬆印了三千四百件，也是限量，比我一本書的首刷量的十分之一還少得多，一旦賣光光了，就繼續發想設計第四代戰鬥T哈哈哈哈哈哈！

本週五以前，我會公布禁槍戰鬥T的博客來與金石堂的銷售連結，不在台灣的網友也請注意囉，在公布商品連結後，大家可以自行湊夥組團與博客來的商品部聯繫，博客來商品部會以專案處理海外團購，我想應該是蠻方便大陸香港新馬的大家買的。

我估計，這個禮拜五，在蓋亞出版社於中山捷運站地下街開設的「蓋亞一號」，就會有禁槍戰鬥T出現了。

如果迫不及待想要開始戒掉打手槍的人，可以在週五衝到蓋亞一號現場購買，（除了女版XL睡衣T之外，都有現貨，睡衣T應該是下週五才會到貨喔！）現場買還可以摸一下材質跟確認尺寸大小，我想是還不錯啦，說到材質，這一次的禁槍戰鬥T還是全部台灣製造，如果有「愛台灣」這類偏好的人，禁槍T也是一個選擇哈哈。（這次的包裝就不用煩死各通路的塑膠硬圓筒了，改用便宜又不可能損壞的偷懶夾鏈袋）

絕對不要對小孩子食言啊，雷！神！索！爾！

2012.08.11

我哥哥的兩個兒子，umi跟nami，分別是六歲與四歲，他們流著跟我一樣的家族血液，他們非常喜歡各式各樣的英雄，最愛的大概是鹹蛋超人系列、變形金剛、蝙蝠俠、陰莖俠（？）、海綿寶寶、鋼鐵擂台所有出現過的機器人、當然還有復仇者聯盟的所有成員。

身爲一個公仔收集狂，我當然很樂意讓我兩個侄子加入這條不歸路，所以我偶爾會買超人玩具給他們玩。（他們長大了才會漸漸知道叔叔的收藏有多酷，特別是浪人劍客的武藏跟清十郎！）

上次我回彰化，就買了一個超大隻的浩克給他們，他們非常興奮，因爲他們知道浩克最強！

於是我說，如果他們好乖，叔叔下次回彰化就會送他們雷神索爾。

沒想到我最近兩個月都很忙，或是很閒到乾脆去澎湖度假，都沒有回彰化，所以他們常常嚷著叔叔怎麼還沒回彰化、叔叔太久沒回彰化了吧，之類言不及義的撒嬌，而我也總是以爲我會記得去玩具反斗城買一個醜死了的雷神索爾給他們，BUT！

人生最機歪的就是這個BUT！

BUT我這次開車回彰化，還眞的忘了買雷神索爾回去，結果umi跟nami一看到我走下樓，剛從幼稚園放學的他們就衝過來抱我跟親我，大叫雷神索爾！

機智如我，當然早就決定要打混過去，我馬上說：「你們是想叔叔還是想雷神索爾啊？一定是不想叔叔，只想雷神索爾對不對？」

umi遲疑了一下，說：「想叔叔！」

nami接口：「都想！」

我馬上躺在地板上，跟兩個姪子玩在一起，他們玩得比平常熱絡很多，要親又抱都可以，但只要他們一問我雷神索爾，我就故意裝生氣說：「吼！你們都只愛雷神索爾，不愛叔叔吼！」

他們就會立刻否認，並假裝很專心跟我玩。

直到半小時後，umi忽然對著我大叫：

「我已經讀到大班了！你不要再騙我了！」

我整個被他可愛的狠勁給征服，二話不說，馬上走出藥局到附近狂走尋找玩具店……可惜一無所獲。

但放棄不是我的對白，我想這一定是我的雙腳射程範圍不夠大，於是我即刻開車，如砲彈般衝出，在永樂夜市裡尋找到兩間還ＯＫ的公仔店，可惜他們都走口系風，賣了一大堆鋼彈跟海賊王，就是沒有雷神索爾！

沒關係，誠心最重要，我決定買一台超大台的柯博文回去魚目混珠（很貴！），但我一問，老闆竟然說那一台柯博文已經賣出去了，只是擺出來爽一下，幹！

這一下真的悲劇了，我衝了幾間號稱什麼都可能賣的7-11，沒有！

我衝到名佳美！沒有！

然後我就沒時間找雷神索爾了，我得去赴我國中老師的飯局約，哭哭～～

（所以在那個時候我發了一個緊急尋找雷神索爾的噗浪。）

吃完飯，已經九點半了，我回到藥局，非常認眞地跟umi跟nami道歉。

「叔叔忘記買雷神索爾了，下次再買給你們，這次先原諒叔叔好嗎？」

他們雖然失望，但畢竟早就猜到，umi說：「叔叔那你下次一定要記得喔。」

我說：「好，那你親叔叔一下。」

於是umi親了我一個。

接著nami走過來，非常小聲地在我的耳邊說：

「叔叔你下次再忘記的話，我就要搔你癢喔。」

我的媽呀～～～～也太可愛了吧！

吼，所以小孩子千萬不能隨便唬爛啊，雷神索爾我就快來啦啦啦啦啦！

生日快樂給34歲的我

2012.08.25

今天是我34歲生日。因為是我生日，所以不想認真排版跟計較用詞與文量斷句，用隨手亂寫的方式寫一點心情當做是給自己的生日禮物。一樣是無呼吸連打。錯字不挑隨便寫。這三年是我人生最奇特的三年。2010年籌備與拍攝電影。2011年電影上映。2012年電影竟然還不算下映。我想這三年來這個世界跟我之間的拔河是有得有失，電影籌備過程小說寫作速度變慢，受到的奚落比鼓勵多很多，但很少人知道我的體力慢慢變差了，因為我畢竟沒有二十幾歲時年輕勇猛。電影上映之後的事就不再贅述了，大家也沒什麼興趣聽另一種霹靂想法，反正大家只會知道我很開心就是這樣。但事情還沒結束。我勢必要拍下一部電影的，但我的心態真的一直在轉變一直在突變一直在思考幹是應該怎麼調整才會回到當初籌備那些年時的乾淨與清澈。我想是不可能百分之百的無慾無求，光是要逼使自己不要透過第二部電影去證明任何事情就已經非常困難與不可能。證明自己一向是很過癮的冒險，但偏偏那些年就不是要證明任何事才有辦法那麼純粹與充滿愛。我想第二部電影真的是很難開始，充滿愛這三個字講到後來大家都覺得太唬爛，我自己也變得有些不愛提，太過神祕的難以解釋的成功到後來變成一團奇怪的物質眞相只有我最清楚但我知道解開謎團是一個不可膩的化學反應式，不能讓世人理解的事我少提微妙，很多細節就是神與我的對話。我不事心靈成長團體也不是邪教所以我不打算說了更不像傳授什麼因爲這種事哪有可能傳授。事實上我在籌備下一部電影的取材過程中弄到右腳膝蓋韌帶斷掉，礙於機密我暫時也無法好好說明到底是怎麼回事。這件事我一直非常後悔。我很喜歡跑步，非常喜歡。但弄到韌帶斷掉我眞的無法像以前一樣想跑就跑，搞得我現在肚子很大，馬的游泳眞的沒有辦法消除肚子，更重要的是我無法跳躍了，以前我超喜歡在樓梯間亂跳的，頒獎典禮也很喜歡忽然就用跳的上台，現在我就是好好走路，眞的是得不償失。這是抱怨。要抱怨的話其實是說不完的。鳥事嘰嘰八八的一大堆。我在籌備下一部電影好像很多人都很度爛似的或者說疑問重重，其實光是這一點我就應該放棄不要再去搞那些東西比較沒有煩惱。但我已經愛上了我又可以怎麼辦？我就愛上了啊？我愛上了的東西就想好好做。人生如果把目標訂成沒有煩惱就好那就一開始就不要幹任何事不就天下無敵沒有煩惱，要做事就會有煩惱，有煩惱難免就會後悔幹爲什麼我當初要做這些事讓我煩惱那麼多。我知道我都知道，煩惱都是自己找的。不做就沒反腦，做了就很多煩惱。如果解決煩惱是我的功課我就會去做，也是我應該去做的東西，但我比較想把目標定在快樂，對就是快樂我想要快樂去做然後收貨更多的快樂但這樣的目標好像是幼稚園在定的，我把它寫在我的聯絡簿上面有點想像笑死誰的感覺。比起我要快樂這種幼稚母標，我遇到非常多的魔障，我眞的沒有那種一口氣就跟他對決的力量因爲我現在就是沒有辦法專注跟自己對話，我知道什麼事情是我重視的，這就是盲點，因爲我就是都很重視。我知道大家看不太懂我在說什麼重點因爲我沒有辦法好好說重點。我試試看。有一部電影我一定會拍，有另外一部電影我很想去拍，一定會拍的就是我自己當導演，很想去拍的就是我不一定要字記當導演但以機會來說的話卻是這一部可以讓我成長，讓某種還沒看到結果就足以稱爲奇蹟的事發生。但這是否構成魔障値得懷疑，而這種懷疑我一直無法克服，唯一的解答或許就是去面對，然後去承受結果，揭開答案。但這種答案很消耗時間。我知道，我一開始就知道了。或許如果不用揭曉答案的話對我自己是最輕鬆寫意的，反正那種無法透過事實去證明的答案也就是假答案自己可以給自己，可是事後的自我說服我又眞的可以催眠的了自己嗎？我很不想這樣。如果被拒絕或許很輕鬆吧。但我就是三心二意。自己拍自己的小說的確是不需要思考太多倒是眞的。但我其實不確定應該用哪一種資金來源下去拍才是好的拍法，我需要意見但是可以給我這些意見的人都有自己的立場我想大概也是很有疑問。反正我就是覺得韌帶斷掉很不値得至少我現在很不想韌帶是用那種方法斷掉的眞的很幹，我猜大概就是下一個電影拍好了很好看我才會覺得韌帶升天很夠意思吧希望這樣可以救贖自己。關於小說的煩惱倒是比較少因爲最爛就是寫得慢而已，但我知道大家都很不滿意我把小說寫慢我知道我自己也想我可以有一個二十歲的肝但我就是沒有。我會努力。這方面的抱怨我都收下了因爲我應得的我活該我知道我被幹事與正正常能量釋放的合理結果。也沒什麼好但是但是的。大家都用既得利益者的角度看我我知道我了解我明白但我拒絕接受，我知道我一直在做的事情如果沒有浮出水面的話就通通一律不算數我知道我例解我了解我幹。這個世界對我很好了我光光是稍微抱怨一下就有罪惡感，我應該接受所有的負面能量射散我知道我清楚我了解我明白我接受，但我就是天生無法全面服氣。常常我想打回去，打在那些裝出一副聖人模樣的假人的臉上，幹你最好就是你說的那個樣子假死了你要靠大家暫在你那邊才會覺得有安全感但我它媽的不用，在暗地裡雞吧別人很爽嘛很爽嘛很爽嘛但我就是光明磊落到超想跟你正面對幹的把你整個轟到原形畢露不要再活在自己的幻想世界了好嗎好嗎好嗎？但大家都說我既得利益所以我的拳頭就是比較重我幹我的拳頭從以前就是很重好嗎哪裡跟你既得利益才拳頭重眞是超會鬼扯。我錯我會道歉但你錯呢你是有說過對不起了嗎你有那個臉說對不起嗎？我很樂觀我很強獲自己爲樂觀自以爲強我知道我清楚，所以我看到魔障我會怕我知道非常不可思議，我需要意見我需要自我信任我需要很強大的信念但我暫時就是不知道。小說方面隨便講一下好了我知道我寫慢了我知道我知道我知道。但我就是想快快樂樂寫。聽起來很沒責任感很刺耳我知道但我從以前就沒什麼靠責任感而是靠肝暴走在寫，我哈棒2寫到一半很久了，因爲是妳大家忍耐一下目前的娘泡情結幹我什麼時候眞的變娘泡過了我就是有厲害的東西放在中後段暫時就當做被我唬爛可以嗎幹我畢竟是男子漢好嗎幹，然後獵命師傳奇我的寶貝我就是一定會在年底前幹掉首部曲，讓大家可以安心收集完畢第一步曲我是眞心的暫再大家的角度思考如何好襖蒐集獵命師這一件事幹我寫到這裡竟然有點想哭實在是很不甘心。我想寫殺手我想寫禪寶我看我今年要拼玩殺手是比較有難度但我盡量用自尊心下去幹，場說不定一起連載好了。電子書app不曉得什麼時候會搞定眞的是debug有夠久阿幹剛剛看到米奇屁寫給我的東西我發現我一直拖著很多事都沒幹我想我眞的需要王大明。我不想繼續寫這個網誌了我覺得生日快樂就是要打個手槍。但我覺得生日禁槍比較有獲得正面能量的可能。好吧我承認我有點釋放掉不正常的雞歪粒子了。我想妳。這幾天我特別愛妳妳應該有感覺到了吧。我喜歡妳。妳讓我有安全感。軟軟的很好。昨天晚上妳壓低音量跟我說的話我很感動。說不定我眞的會去做，也許不會，我不知道。我的人生常常亂七八糟的超展開誰眞的知道會怎樣。我知道我愛妳。我打電話給妳好了。

好精緻的特製蛋糕啊。

禁槍T即將用毀滅性價格大出清，款項全部捐出

2012.09.05

這眞是一篇我屎尿未及的網誌，所以一定要長話短說哈哈。

自從我的第一代始祖戰鬥T、第二代蘋果夢想T順賣瞬殺後，第三代禁槍治百病T創下了「竟然沒賣完」的可恥紀錄！庫存還有一半，顯示大家對打手槍這一件事還是很有需求……

或者，是大家本來就沒在狂打手槍！我是眞的以爲這次還是會瞬間賣光，所以一直沒在擔心銷售量的問題，老神在在得很，但金石堂與博客來甚至是蓋亞的實體店，都傳來「幹賣不完啦！」的警示燈，怎麼辦呢？

其實我有幾種選擇啦……

1. 爲了維護品牌一向瞬殺的榮譽感（有品牌嗎？），直接銷毀庫存，吸收成本。

2. 爲了消化庫存，默默下架，放在淘寶之類的上慢慢賣，但價格不變，算是維護價格承諾。

3. 爲了消化庫存，降價求售，但犧牲品牌的價格承諾。

但我想還有另一種選擇，聽起來更有意義，比較酷，也對得起之前用原價購買禁槍T的大家，那就是……

1. 用毀滅性的價格出清庫存。
2. 所有用毀滅性價格出清的衣服，不管賣出多少錢，包含所有營銷成本、廣告費、物流費、設計費、營業稅款、甚至是通路銷售抽成，通通都不用扣除也不需要預留（預留幹

嘛？），只要「賣出多少錢，我就捐多少！」，我會全數捐給中壢的財團法人真善美社會福利基金會，讓基金會蓋房子給喜憨兒安養天年所用，中間一切損失全都算在我個人頭上。當然捐款我會拿去抵百分之二十的稅，但也就是百分之二十。

任何有做過生意的人都知道我這種出清法，應該會把之前所有的獲利都吐光吧我猜，又，其實我不知道這樣大出清後，大概會產生多少捐款，總之就是等一切確定後我再來公布，希望我完全無法從大出清中得到利益這部分，可以讓早先購買這件禁槍T的大家稍稍安慰。

我就不說對不起了，在這裡要謝謝大家，讓不打手槍這麼白痴的事變成有意義的事情，同時也感謝博客來、金石堂與蓋亞出版社的支持，你們眞的很夠意思。謝謝。

我想我們之間的合作永遠都是非常特別。

如果要說衣服沒賣光這件事對我來說有什麼意義的話，嗯，我會想起一年半前我將頗受爭議的打手槍橋段製作成預告，喜孜孜放上網，結果被大家幹到爆炸的往事。亦即，我喜歡的東西不見得會被大家接受，這一次也一樣，我覺得禁槍是一個很有趣的概念，老實說我愛死了，我要做什麼需要全力以赴的事情之前，已經養成許願禁槍的習慣，用所有的精力神魄去對付它，不過這個概念大概也很有智障之處哈哈哈哈！

再一次知道「我喜歡的東西不見得被大家喜歡」，也再一次得到了教訓，很有意義，但如果因爲這樣，害怕失敗，以後我在做什麼事情或者在製作什麼鬼東西之前，先觀察市場、刺探眾數的喜好、預測反應，那就得不償失了，畢竟對一個創作者來說，自己無可救藥的喜好還是最重要的啦哈哈哈哈哈，我只要好好控制失敗的成本，就能夠再接再厲玩得盡興。

我捨不得放棄我喜歡的概念與精神，以後我還是會繼續製作我自己喜歡穿的戰鬥T，但就是會做得少很多，免得賣不完我又要出糗，偶爾吃大便可以，但常常吃大便就不健康了！

謝謝大家啦！那我們就來期待金石堂與博客來的禁槍T超級大降價啦！

總統府遊記之，可不可以不要蓋核四？！

2012.10.17

最近獲選十大傑出青年，所以多了一些很好玩的事，比如認識了私下也很可愛的沈芯菱（超！級！可！愛！），以及不踢人的時候很笨蛋的魏辰洋（超好笑）。現在就來說說我去總統府的一點感想。

由於我沒有當過總統，所以這輩子我沒去過總統府，也沒參加過總統府前廣場開的各種夜市party（事實上不論是哪個顏色的party我都沒興趣）。這次因緣際會在總統府裡面走來走去，不知道爲什麼總覺得有點好笑，因爲我的身心靈就是一整個無法跟太體制化的東西產生和諧感，過去不管是哪個顏色的政治人物找我對談，吼我都沒興趣全都婉拒，寧願打開電腦跟瀧澤蘿拉來一場CCR的心靈交流。不過這次得了一個很體制的獎，終究還是很自然地見到了馬英九總統，也體驗了一下鄉民傳說中的「馬賽之握」，嗯，好的，我知道這一握，讓度爛我的鄉民全都high了科科科，所以我會認眞找時間去捐血，看看能不能稍微擋一下下。

一開始馬英九總統（以下開始省略總統兩字，畢竟大家都知道他是總統無誤）先是簡單跟每個得獎者一一寒暄，所謂媒體報導的馬英九一直引述錯誤資料跟我聊天而我一直吐槽等等，唉根本不是那樣，其實我完全就不在意，有看轉播畫面就知道那根本就只是很隨意的亂聊而已。眞正的好玩才不是那邊。

新聞片斷見 https://www.youtube.com/watch?v=ntGinNLewW8

（註：馬英九總統說的是「你已經寫了50本吧？」，而不是「你已經寫超過50本吧？」。）

一番寒暄結束後，距離馬英九最近的得獎者魏榮宗先生忽然（眞的是超展開）發表他對節能省碳的經驗談，並向馬英九一番建言，馬英九頻頻點頭，當場指示部屬做筆記，仔細記下此次建言的內容，我不禁有點遺憾沒有境場直擊傳說中的「馬英九抄筆記」的經典畫面。

既然有人開始對馬英九提出治國建言，依照位置順序第二個得獎者廖蒼祥也很自然地對馬英九提出技職體系相關的建議，到了這裡，我想每個得獎者都開始在心中模擬「等一下要跟馬英九提出什麼建議」吧，就在這個時候，我看見年僅二十歲的魏辰洋神色慌張地看向我們，表情大概是「我等一下死定了」，我不禁笑了出來。

後來很酷的女科學家紀雅惠跟超可愛的公益家沈芯菱都講完後，終於輪到魏辰洋，魏辰洋馬上慌亂地往旁邊的布拉瑞揚一比，說：「沒關係，給他講好了。」大家一愣，我則是忍不住狂笑，馬英九很認眞地請他講一些東西，看起來已經陣亡的魏辰洋只好窘迫地說：

「嗯……我過得很好。」這次大家都笑了，我則是瘋狂大笑，笑到兩隻腳都飛起來了，因爲這個有點白痴的回答實在是太直接了，太棒了，太眞實了，太可愛了。

我眞的覺得，至少我跟魏辰洋眞的是這樣，我們一直做著自己喜歡的事情，非常單純地沉浸在由自己喜歡的東西構築的世界裡，所以不管得不得獎，我們都過得很好，不知道怎麼抱怨。

更具體來說的話，在我們去總統府之前的前一天，「十大傑出青年」就有一個拜會五院院長的既定行程，但我因爲要開下一部電影的前導影片會議，所以我就整個擺爛沒有去，而是窩在工作室裡跟兩個執行導演從下午四點開會到晚上十一點，連吃飯都是吃便利商店的義大利麵，大家一邊吃一邊畫著想像中的分鏡中度過，因爲我覺得開電影相關的會議，遠遠比一堆拜會行程來得有意義，或者好玩一百萬倍，歸根究柢來說，我很瞭解我自己喜歡什麼不喜歡什麼，我當然不是因爲想得到特殊的榮譽、或肯定、或一堆握手與喝采，才去做這些事情（小說，電影，約會，打星海，看謎片），而是這些事情本身就是最大的樂趣。

魏辰洋過得很好，沒什麼好說的，最後想不出什麼建議，馬英九也笑笑放過了他。很有個性的布拉瑞揚講完後輪到我，我有樣學樣說：「其實我也過得很好。」大家也是一陣大爆笑。

不過我接著說：「雖然我自己也沒什麼好建議的，但想一想，如果我曾經有一句話的機會可以跟總統說，卻放過沒有講，那眞的很可惜，所以我決定還是要講，那就是——我看核四還是不要蓋吧！」

馬英九一開始沒聽懂，大家七嘴八舌幫我解釋，馬英九恍然大悟，問我：「爲什麼你覺得核四不要蓋比較好呢？」

我說：「因爲核四都亂蓋一通啊，很恐怖耶，這不是政黨藍綠的問題，而是安全問題，到時候核四一爆炸，大家都死定了，我看還是不要蓋吧。」

這次馬英九沒有施展傳說中最經典的「謝謝指教」或「依法辦理」之術，而是跟我保證他一定會把核四蓋得很安全，最後才會商轉，請我不必擔心。結束。你問我擔不擔心，吼吼吼我還是很擔心啊，到時候萬一核四一炸，台灣就會是天堂裡最強勢的國家！

之後每個人都發表完意見，到了合照時間。輪到我跟馬英九合照的時候，再度承受了「馬賽握手」的強襲，我研判其握力要遠高於花山薰的握擊，於是我開啓防禦力加一百的外掛模式，終於撐住。

馬英九在我耳邊說：「關於核四的問題我們會認眞研究。」

握手時間有限，我趕緊說：「有些事只有總統說了算，說眞的，廢除核四一定是偉業。」

馬英九一時聽不清楚的樣子，又問：「啊？」

我慎重強調：「廢核，是偉業。」

他只是笑笑，但沒有笑到讓我心底發寒就是了。

我的總統府遊記差不多就寫到這裡了，唯一的遺憾是沒有在裡面尿尿，下一次我來總統府逛街的話我會盡量記得去借一下廁所，看看有沒有特別厲害。話說我也不知道爲什麼媒體對這次的拜會只有報一些無關痛癢的聊天內容，而放過了核四議題，大概是覺得不很重要

正面。

背面。

吧。

其實我早早準備了一件自己做的反核T恤，原先打算直接穿去總統府，不過大會說一定要穿著正式，非得穿西裝打領帶的那種，我只好無奈放棄（但還是穿了牛仔褲）。這件反核T沒有版權，只是我拜託網友唐牛臨時趕做的，大家如果覺得不錯就自己加印吧，自己穿或送人或拿去賣都好，我無所謂。

上天堂的方式有很多種，亂七八糟蓋出來的核四爆炸的機率一定遠高於外星人入侵地球，我寧願政府花幾千億假裝製造一台可以幫白海豚移民到火星的太空船（反正到時候宣稱計畫失敗大家一陣嘆息互相勉勵就好了），也不想看見核四忽然運轉變成一大坨香菇那一天。

阿門，阿彌陀佛……都好啦。

……嗯，我的女孩。

找到一件自己很喜歡的事，人生就快樂了

2012.10.19

前一陣子「清大高材生跑到澳洲當屠夫」的議題不斷引起討論，很多人認爲年輕人在台灣已經失去實現夢想的想像力與信心，只能跑到別的更先進國家賺取勞力報酬，令人不勝唏噓。我第一次看到這個新聞，覺得莫名感傷，一時之間竟然也不知道自己的「心」是站在什麼樣的立場，但我知道，我並不認爲一個清大畢業生跑到澳洲切肉賺取高薪「換取一個可以想像的未來」是一件丟臉的事，老實說，我還覺得很感動，替那個女孩覺得很踏實，而她的行爲非常堅韌，我想像著她一定很清楚自己如何才能快樂，而她正在爲那一份尚未到手的「喜歡做的事」，用她不感興趣的工作積極爭取著。

就從這裡開始吧。很多人都覺得我很幸運，可以一直一直做自己喜歡的事，但實際上我不只是很幸運，而是非常非常地幸運——因爲我很了解我自己。所以我今天就不談大家最不想聽到的「只要不斷努力，總有一天就會成功」這種已經沒有人有時間聽的話，不談犧牲，不談奉獻，我想聊……「你願意爲你的夢想，保持多少快樂？」

是的，就是快樂。

我很喜歡寫小說，非常非常喜歡寫。我第一次開始寫小說，大概是大學一年級的某一個禮拜三下午，當時沒有個人電腦的我寫在一張隨堂測驗紙上，寫不滿一頁就放棄了，因爲我的思考很跳躍很躁動，隨時都想改句子，甚至是更改結構，於是一張紙上面都是修正液，塗改到我抓狂，於是作罷。記得那個時候我寫的是一個武俠小說，一開始的情節是一個黑衣人跑到少林寺藏經閣去盜武功圖譜，主角叫洛劍秋，不過我還沒寫到洛劍秋登場我就無奈放棄了。我想，我那個時候甚至稱不上「不夠喜歡寫小說」，而是「根本就不算開始寫小說」吧。

多年後聚會，除了義智，大家都胖了一大圈。

大學二年級，我在精誠中學美三甲的BBS班板上面，開始連載一個非常像「後青春期的詩」的小說，但我沒有放到story連線板上（當時也沒小說發表的概念），因爲那是一個只有我們這些老同學看得懂的故事，內容是我們長大了，彼此聯繫開一場盛大的同學會的過程裡所發生的一大堆變態爆笑的事，主要是我在預測十年後的大家分別會是什麼樣子，有人得性病、有人賺大錢、有人變成殺人魔、甚至有人跑去變性、有人變成瘋狂發明家等等，大家都是主角，所以每個人都看得很過癮。當時我交往的女友很吃沈佳宜的醋，所以我沒膽子將十年後的她寫進去，可我又非常想寫她的部分，於是我私下寫了關於她的特別章節用站內信寄給她，寫到我不停流淚啊。嗯離題了哈哈哈。

除了那個「老友限定的私小說」之外，我沒有寫任何「眞正給一般讀者看的小說」，大學唸書之餘都在NCTU板上打筆戰，那時ptt不曉得在哪裡，也沒有鄉民這個用法，NCTU板算是一級戰區，我就在那個嘴砲地獄裡修煉了四年。直到大學四年級下學期，我才因爲要甄

整艘船，女孩第一個釣到小管喔～

剛剛釣上來的小管，忽然就狂噴汁啦！

那天晚上我在歐船長的船上，總共釣到七隻小管！

試清華大學社會學研究所，必須繳交一篇可以取代學術論文的「作品」，動手寫了「都市恐怖病之語言」，不過當時我來不及完成小說，只寫了前面六千還是九千多個字就交出去，回想起來我眞的是很自以爲是。

面試時，我向清大的教授號稱這篇小說不僅好看，更超級富有社會學意義，足以證明我對符號學充分理解並能創意衍生，簡直就是萬中無一的天才。六位負責面試的清大教授顯然不同意我對我自己的見解，沒有錄取我——至今我一直深深感激清大的不錄取！因爲我花了一個夏天補完了「都市恐怖病之語言」，寫了十萬多個字，沒有文學技巧，沒有華麗語彙，用最直白與乾燥的文字描述畫面，十萬字過去，我從此愛上了寫小說。

重考研究所的那一年，我總共寫了三十多萬個字，隔年我考上了東海大學社會學研究所，展開了我表面上想拿碩士文憑當學者、但實際上我只是一個「對讀書有興趣的小說家」的創作生涯。我眞的就是興致高昂地狂寫，可當時我的小說賣得爆爛有夠爛超級爛無敵爛，每一本小說都沒有賣破首刷，所以我領的是稿費，也就是逐字算錢（有時一個字〇．四五塊錢，有時一個字〇．五五塊錢），算一算其實拿稿費比拿版稅來得多不少，

我的侄子，跟我的妹妹

因爲賣太爛！爛得鬼哭神嚎啊！

也因爲我的小說賣得超級爛，導致當時有很多小說在網路上已經發表完畢超過一年多，仍舊無法出版，比如《異夢》、《功夫》、《狼嚎》、《樓下的房客》，都是我在網路上連載結束超過一年、甚至是兩年都還沒被出版的例子。所以不要再謠傳或幻想或腦補我在唸研究所的時候就是一個暢銷作家了，仔細計算時間，我在一九九九年開始寫小說，二〇〇〇年出版第一本書，而我則是在碩士四年級即將從研究所畢業的時候，二〇〇五年，我才開始眞正被市場注意，那時我已經在網路上寫了五年小說。

不過說眞的，我並不是要說我爲了寫小說犧牲了什麼有多偉大，而是，相反地，我因爲太喜歡寫小說了，所以我根本不覺得這中間我曾經犧牲了什麼，我一點也沒有煎熬的感覺，也沒有期待雨過天青的惴惴心情，我眞的覺得一切都充滿了快樂，如果我熬夜寫小說，我也沒有任何痛苦感——請問你熬夜打星海會痛苦嗎？熬夜看七龍珠會痛苦嗎？熬夜看NBA總冠軍賽會痛苦嗎？幹不會嘛！我們只有在熬夜讀書、熬夜加班、熬夜幫女朋友寫作業的時候才會痛苦啊！

我想過，寫小說實在是太爽了，也因爲太爽了，完全沒有「我正在工作」的感覺，所以「成爲一個職業小說家」根本就不是一個夢想，更像是一種偷雞摸狗不求上進極致偷懶的幻想。而且在閱讀市場很小的台灣要成爲一個職業小說家，基本上是不可能的事，就算可能，這個暢銷的幸運機率也發生不到我頭上，所以我很務實地思考，我要怎麼做，才可以讓「寫小說」這一件事永遠是我生命的一部分呢？

每個學期，社會系都會有兩支籤，提供給想要修習「教育學程」的人抽，抽中的兩個人修了教育學程後基本上就可以當老師了。

我！每年都去抽！因爲我眞的很想……有一份穩定平順又準時下班的工作，老師就是其中之一，而且我打算當一個放學後就把手機關掉、每次月考逼近就宣佈這節課自習的那種老師，因爲我想把握任何時刻寫小說啊！是的，我清楚明白當老師不是我的興趣，而是我的工作，但sorry當老師不是我的志業（我又不是鬼塚英吉！），所以它就是一份單純教授知識的工作，而我的興趣，寫小說，才是我的志業，才是我嚮往的，人生！

我的強項是把狗養成牛！

我不想窮困潦倒地寫小說，將小說塡滿我人生的所有部分，孤注一擲地奉獻我的生命去搏鬥它，其實並沒有。正因爲我想一輩子喜歡寫小說，所以我不想當我吃不飽睡不暖的時候，有一絲一毫去責怪「寫小說帶給我的，都是饑寒交迫」。

我很愛它，我喜歡我一直都很愛它。我不想「拿寫小說去揹負我人生的財務不濟的責任」，所以我一直很認眞告訴自己，我必須找一份穩定工作，如果我當不成老師，我也想當人物採訪的記者、想當廣告文案的寫手、想當綜藝節目的腳本編劇、想當電影或電視劇編劇，只要我有工作，我就可以在工作之外的興趣上面維持「快樂」的關係。

這麼思考，可以說我不夠勇敢。我是眞的不夠勇敢。我一直在興趣之外尋找一個平衡點，也就是我一開始就準備做一些比較不快樂的事，去支撐我去做會讓我很快樂的事，交換，交易，怎麼說都好。但也因此我從寫小說裡得到的快樂特別眞實，我不會因爲我付出太多，所以就非得逼自己說自己很快樂，逼自己說我絕對不後悔。更因爲我從不曾眞正寄望小說帶給我巨大的暢銷，所以我也沒有從小說出版的不順利與不暢銷中得到失望與打擊。暢銷很棒，但不暢銷才是一個作家正常的人生。簽書會人潮爆炸很威風，但簽書會沒人，或根本沒有簽書會才是一個作家正常的面對。

後來在我社會學研究所讀到第三年時，柴智屏，柴姊，找我談小說授權（《打噴嚏》），談著談著就想簽我進經紀公司，我覺得很不錯，是個機會——什麼機會？可以靠幫偶像劇編劇賺錢，來餵養我小說生命的機會！

我巴望著可以寫一部偶像劇編劇，就賺取我一整年的生活費（甚至是兩年、三年），好讓我可以從容不迫地寫小說，但很可惜，也很幸運，因爲我個性彆扭又自我中心太強、無法與其他編劇共事的結果，導致我其實也沒有寫出任何偶像劇劇本，這倒是我屎尿未及。不過這點很感激柴姊，她並沒有威脅利誘或試圖說服我去寫偶像劇，就只是讓我繼續去做我喜歡的事……幹就是去旁邊寫小說啦哈哈哈哈！

後來二〇〇四年年底發生了一些事，那些事我已經通通寫進了《媽，親一下》這本書，也因爲那些悲傷的變故，我在十四個月裡密集寫了十四本書。那個時候除了一些職業能力測試上的理由（今天不談）、戰鬥意志上的理由（今天不談）之外，還有一個原因，那就是當時我的人生好痛苦好黑暗好沒希望，但寫小說，無庸置疑可以讓我從中得到快樂。

哈爾濱的中央大街喔喔喔喔喔喔喔！霸氣！

追根究柢，我一直都在幫我的興趣（寫小說）尋找將它們黏著在我生命裡的機會，用一種不需要犧牲、不需要奉獻、不需要同情與解釋的方式，最後我終於讓寫小說徹底黏著了我的生命。甚至我也讓寫小說成爲了我的職業，這一點，實在是太棒了。明明就是做自己喜歡的事，卻還可以拿錢，人生還有比這種狀態還要佔盡便宜的嗎？

我可以非常篤定地說，如果今天我寫小說很不暢銷，每一本書都只有首刷的窘境，我今天還是會常常寫小說，爲什麼？因爲我喜歡寫小說。不過我肯定在白天有一份還過得去的普通工作維持我的存摺厚度，晚上才會燃起熱情對付我的人生。就跟，嗯，布魯斯與蝙蝠俠一樣，哈哈哈！

穿成這樣去參加台南女中的畢業典禮，有夠熱，但我永遠記住頭套脱下的瞬間聽到的尖叫聲啊。

我很喜歡寫小說，漸漸地我寫了67本書了，寫小說無疑是我的職業，我每半年就會看到六十多本書的版稅報表（就統計學而言，樣本數N大於20的話，才有統計上的意義），由於我的寫作類型題材廣泛，小說之外還有散文、網誌書、圖文書、遊記、還有非小說的回憶記錄，小說裡則有奇幻、武俠、犯罪、愛情、科幻、胡說八道鬼扯等等，我肯定比其他作家更清楚哪些題材最容易受市場歡迎……答案是愛情小說。

但我即使知道這個銷售規則，我又做了什麼回應呢？我的回應就是，不回應。

整整67本書，67本，我的純種愛情小說大概只有兩本：《等一個人咖啡》、《愛情兩好三壞》，就是這區區兩本而已（第三本則是我正在寫的，因爲是妳）。至於《那些年我們一起追的女孩》，則是我的人生回憶，不好意思它其實不是小說。《月老》是有愛情滋味的奇幻小說，《功夫》是有愛情情節的武俠小說，《打噴嚏》是有愛情目標的奇幻小說，《殺手流離尋岸的花》是有悲傷愛情的犯罪小說，《紅線》是主題爲愛情的科幻小說。

我就是想寫什麼就想什麼，可以暢銷我當然很開心，但我眞正開心的是起點不會變，那就是自由自在地寫小說。如果我眞的很在意版稅數字，我應該寫了一大堆純種愛情小說才對，而不是「2／67」。畢竟我都已經可以仰賴寫小說作爲職業了，這已經太棒，如果我反而被暢銷法則給束縛，那才是我眞正的不幸。

所以我現在，反而非常珍惜著「寫小說是興趣」這個基礎，這是我的快樂起點，於是我很避免「寫小說完全成爲工作」這種感覺，因爲那本末倒置了。

因此現在我的狀態，則是另一種更微妙的轉變。我得解釋一下。我以前熬夜寫小說不會累，我就熬夜狂寫。但我現在不那麼年輕了，熬夜寫小說會累會疲倦時，我就打住不寫，免得我產生「我都那麼累了還要繼續工作」的念頭。我以前演講一個小時結束，搭火車回家時會在上面寫小說，讓發燙的筆電持續在

畢生難忘的一個晚上，最想拿的就是這個獎，真的是，其他獎的運氣都拿來這裡用啦！

義大利的遠東影展，以後一定還要再去啦！威尼斯實在是太美的城市了～～～

我的大腿上毀損我的睪丸，但我現在演講兩個多小時後（越講越長啊），超級累只想亂寫一點狗屁東西，我就淨寫些狗屁，或聽音樂，或看別人寫的小說，就是不肯好好寫自己的小說，其實也是想在精神好時寫故事才會有「我的人生實在是太美妙啦！」的感覺。這種轉變也導致了我在電影宣傳期時，我只能寫電影創作過程與劇本解析之類的東西，而無法投注在小說裡，嗯，其實我是在保護我寫小說的單純感。我一直希望寫小說永遠都是最單純的，也是最快樂的，我不想犧牲健康（但好像還是莫名其妙犧牲了），那不是我追求的感覺。

話說我現在一口氣暗中進行三個電影的案子，各自有各自的進度，有時寫劇本有時寫劇本分場綱，有時選角有時開會，所以小說進度都不快，又害我陷入生活秩序的大混亂，shit！不過現在漸漸回復常軌了吧，至少我希望是如此，我常常動用到快樂之外的意志力了……眞的是。希望大家喜歡「因爲是妳」跟「殺手，迴光反照的命運」的連載，那會讓我更有活力（握拳）。

寫了那麼多，好像徹底離題了。或許有一天我會把這篇文章改得比較通暢。我以前經常說的大多是戰鬥，但就這一篇文章，我想說的是快樂。

找到一件自己很喜歡的事，基本上人生就勝利了。眞的就是如此，毫無疑問。至於有沒有辦法將「自己喜歡做的事」變成「自己很擅長的事」甚至進化成「自己可以賴以維生的事」，那就是另外好多篇我已經寫過的網誌了哈哈哈。要有戰鬥意志嘛！光靠興趣可是過太爽了喔！

至於**如何將「自己喜歡做的事」變成「用自己喜歡做的事，讓這個世界變得有一點點的不同」，我想我還在努力摸索，也一直在這個過程中吃大便**。不過我沒有別的事可做，所以我會一直嘗試下去，我希望二十年後的自己可以寫一篇如何做到的網誌，而不是一篇原來人生就是一條大便吃到底的網誌。

反正，我先前往第68本書，看看第68本書的風景再說吧！

2012.11.25

禁槍T的捐款來囉，賣T不成功，但愛心很成功

讓我們來回顧下面這一個丟臉的網誌，〈禁槍T即將用毀滅性價格大出清，款項全部捐出〉。大意是，由於我這一件禁槍T賣得很爛，可我又不處理庫存，所以決定半價大出清，爲了照顧到第一波就搶購的大家內心世界的不爽，於是我號稱將捐出「所有在這一波大降價出清的衣服款項」。

注意了，我不是單單捐出獲利而已，我是捐出所有的款項，也就是說我會自行吸收所有的物流成本、製作衣服的成本、設計費用等等，賣多少，我就捐多少，更簡單說就是賣越多賠越多，算是給我自己一個奇妙的教訓，也給購買禁槍T的第一波讀者一個安慰，結果……

結果我發現一個很酷的事實，那就是，其實會買的人就是會買，不會買的人也不會因爲超級大降價就買！

哈哈哈在我大降價之後，博客來、金石堂、以及蓋亞一號售出衣服的總款項不到三萬塊，眞的是非常淒慘，在行銷個案上肯定也是一個非常好的例子。

旁邊這張圖就是博客來今天退貨給我的五大箱依舊賣不掉的禁槍T……幹啊我要怎麼處

理啊我哈哈哈！

可是蓋亞出版社非常地有義氣，陳老闆知道我一定會將賣T款項全部捐出後，他決定自行吸收這件充滿戰鬥氣息的禁槍T，開了一張全額不退貨的支票給我，大概有四十幾萬吧，所以我當然會按照當初的承諾，再多加一點湊到五十萬，將所有教訓我自己的款項捐給正在興建喜憨兒安養之家的桃園眞善美社會福利基金會，希望它們可以再接再厲，爲喜憨兒打造一個可以安享天年的永遠的家。

可悲的庫存。

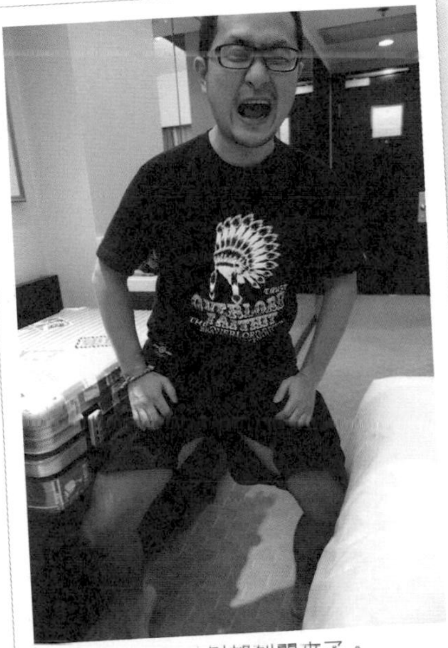
竟然穿到褲子內側都裂開來了。

我是眞的會說到做到捐款的男子漢，所以啦，如果將來我找到一個願意跟我合作的社福單位拍賣這些叫你不要狂打手槍的衣服，即便大家心裡還是有道德障礙或一顆純潔的少女心，或許可以轉念，抱著看我瘋狂賠錢的虐待快感，試著幫我處理掉這幾箱衣服吧哈哈哈！

（金石堂還沒退貨給我，估計也是很多箱，天啊！天啊！我要射了我！）

能力大的人，應該爲能力小的人多戰鬥一點。

不管我平常怎麼亂七八糟顚三倒四打過來射過去，都想讓大家知道這句話。

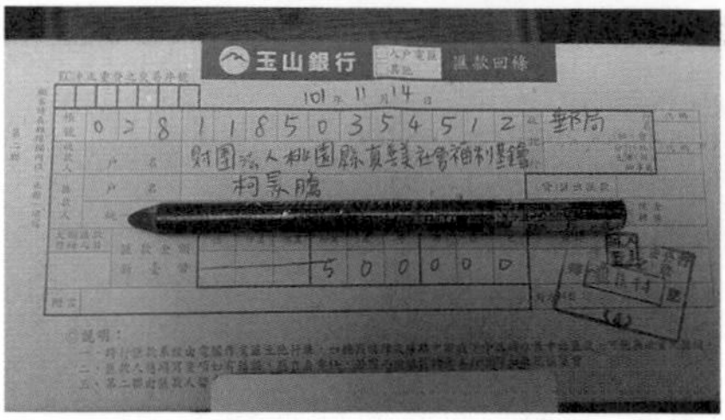

捐款證明。

話說下一個網誌，終於可以送給大家一個超級好的禮物，就等等我吧！

13年來謝謝大家，送給你們一個禮物，真九把刀全集APP

2012.11.20

終於來到這個時候了，我們要推出一個蘋果APP，叫「眞，九把刀全集」。

現在你上iphone的app atore裡面搜尋，就可以直接下載。

這個APP秘密進行了很久，少說也有十個月的時間，內容很簡單，就是將我的小說打包成一個程式，一口氣送給大家，不只免費，無廣告，我們還會持續更新內容，陸續將排版好了的小說補充上架進去，未來新上架的新小說依舊是免費，總之就是送！送！送！送！

爲什麼要來這個「超級大方送」？

而且我這個「超級大方送」還是跟長期與我合作的兩間出版社合作的，春天出版社免費授權小說封面用圖，而蓋亞出版社則負責所有電子書的出版內容的製作。

爲此蓋亞出版社聘請了政大團隊對我的小說進行重新排版、重新校對、撰寫電子書應用程式等，就是想製作出精美的電子書APP大全集，以報答這些年來讀者對我的厚愛。

是的，眞的是厚愛，而大家對我的愛也讓這兩間出版社飛躍成長，栽培出更多優秀的作者。

我很想跟大家說，我前一陣子有一段長時間沒有將小說更新到網路上，真的純粹是懶惰，因爲我很龜毛一定要排版到很精確才會貼，那很耗神費力（最近倒是果斷放棄了BBS等級的神之排版，所以「因爲是妳」跟「殺手火魚」才會無排版就放上網），而電影不管籌資籌備各種討論製作拍攝後製宣傳宣傳宣傳宣傳，都磨掉了我好多耐性與體力，我甚至已經懶到無力說明我到底有多懶得更新網路上的小說，任憑耳語謠言一直背刺我，我心想，反正總有一天這個無敵APP一出來大家就會很明白，我根本就是超乎大家想像的很大方。

回說到前一陣子我去香港蘋果抗議盜版的事件。

嗯，事實就是我的小說一直被許多盜版商拿去牟利，而蘋果不只提供了平台，這個平台還有審核機制，而且蘋果還會抽取通過審核的APP開發商從消費者身上得到的利潤，亦即，蘋果有「審查」與「牟利」，所以我認爲蘋果也因此必須對被通過平台審核的APP侵權的創作者，負起責任。

兩年前我上立法院向蘋果公司抗議後，我的盜版APP下架過一陣子，但我跟蘋果要那些盜版商的資訊，蘋果不給，只給我盜版商的聯繫方式，結果盜版商反而寫信給我，洋洋得意地說反正它還是會持續盜版，所以不如我正式授權它，我還可以因此拿到一點點錢。

我覺得，這眞是狗屎，非常欺負人。

兩年過去了，各式各樣的盜版又跑出來一大堆，而我們也準備好將這個「眞，九把刀全集」APP申請上架，沒想到我們的「眞，九把刀全集」連續申請了兩次，都無法通過審核，不通過的理由非常好笑我暫時保密，幫蘋果留一點點面子。

但我覺得非常不公平，這個審查制度顯然非常嚴苛，嚴苛到連我的正版APP都無法通過審查，相反地，那一大堆盜版APP卻可以輕輕鬆鬆通過審核！

是不是世界奇妙物語啊？！？！

接下來，我們依照蘋果公司規定的程序，寫抗議信要求盜版APP下架，蘋果公司以無法確認版權歸屬爲由（無法確定抗議者是否眞正擁有版權），再次給了我那些盜版APP的聯絡方式，要我私下自行要求那些盜版APP主動下架，這種作法簡直無濟於事。

我覺得非常憤怒，所以我才會特地飛到香港，到蘋果公司的辦公室肉身抗議，我跟他們說，我就是九把刀，創作版權人，要看護照也可以，反正我就是九把刀，我沒有授權那些盜版APP，不要再裝傻說你們沒辦法確認抗議者是否眞正擁有版權了！

結果蘋果公司還是請我們回家，按照正常流程塡一次抗議表格，他們會在網路上受理。我說就是因爲塡了沒用，我才來到現場，請貴公司任何一個法律部門的人出來跟我聊聊，但蘋果公司還是叫我回家塡表格……塡表格……塡表格……無限迴圈。

之後的衝突就是我在FB上的即時報導了。

我很憤怒。

有時候我們創作者在爭取自己權益，常常會被講得很難聽，說我們死要錢，但我們就是仰賴創作維生，爭取我們被剝奪的權益本來就是合情合理的事，正因爲合情合理，所以我反而想透過這個完全免費的正版APP（無廣告，所以別懷疑我們是想藉此賺取廣告費了），告訴大家，我們就是很大方，但我們並沒有大方到願意讓盜版商從我們身上掠奪走不屬於他們的東西，我們可以送，但我們就是想親手送！

而且送的還是我們花錢全面校對與排版過後的眞正正版！

也許大家會問，如果一個作者如此認眞將自己的小說免費上架給大家下載，還不斷強調這個免費小說大全集排版精美，質感極好，會不會因此少了實體書的版稅？

你問我，啊我還眞是不知道。

我只知道，我以前就是一個樂於將小說放在網路上讓大家看免錢的作家，我放在網站上的小說也沒有因爲實體書出版了而拿下來過，現在也不過是換另一種更方便大家隨身閱讀

的形式罷了，如果實體書版稅因此變少了也是我的問題，大家不需要爲我擔心，我也不會後悔。

況且也正是因爲實體書的版稅一直很穩定，才會讓我跟出版社有資源花錢製作以及申請上架這樣的APP給大家下載，過去沒有大家一路購買實體書相挺，今天我們也沒有能力贈送這樣的APP給大家。

總之眞的是謝謝。

不過這個APP其實是舊版的，因爲我們的新版APP還在申請中，反而是這個舊版忽然之間就通過申請了（謎）。新版的APP功能強大不少，但我也不知道什麼時候會通過審核（謎），暫時大家就先下載這個版本吧。

現在書目還不齊全，因爲有的書太新短期內不會上，而有的舊書則還在編輯校對中，反正就是陸陸續續都會上架（圖文書檔案太大我看應該是沒辦法吧，再想想？！），送得乾乾淨淨。因爲我相信，網路小說之所以免費，並非是因爲它的廉價輕薄，而是在網路上創作的人樂於分享。

它會一直都是這樣的精神。

現在版本：

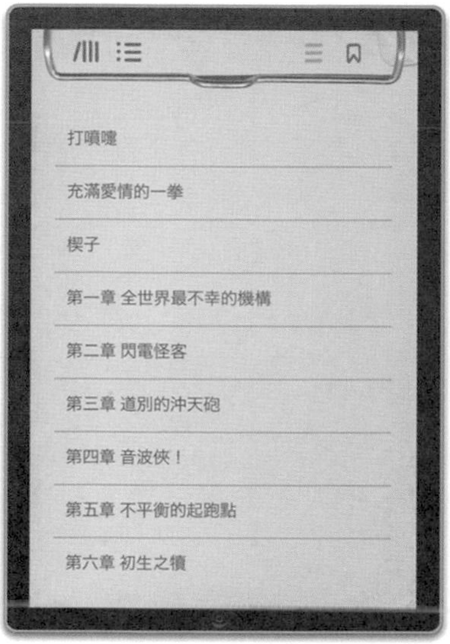
打噴嚏
充滿愛情的一拳
楔子
第一章 全世界最不幸的機構
第二章 閃電怪客
第三章 道別的沖天砲
第四章 音波俠！
第五章 不平衡的起跑點
第六章 初生之犢

真·九把刀全集
獵命師傳奇
臥底
小說
非小說
電影院
都市恐怖病
愛九把刀
獵命師傳奇
殺手系列
相關資訊

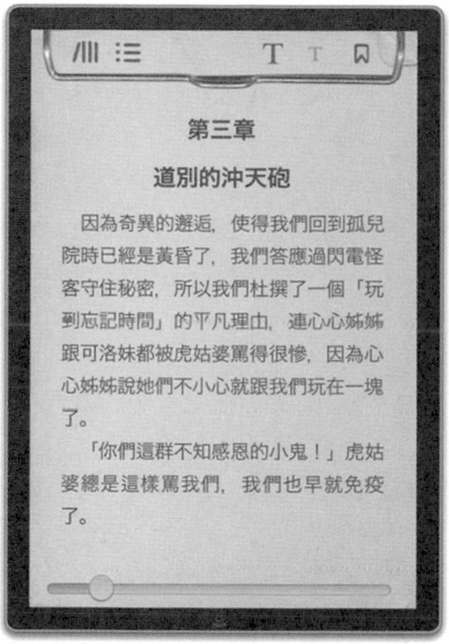
第三章
道別的沖天砲
因為奇異的邂逅，使得我們回到孤兒院時已經是黃昏了，我們答應過閃電怪客守住秘密，所以我們杜撰了一個「玩到忘記時間」的平凡理由，連心心姊姊跟可洛妹都被虎姑婆罵得很慘，因為心心姊姊說她們不小心就跟我們玩在一塊了。
「你們這群不知感恩的小鬼！」虎姑婆總是這樣罵我們，我們也早就免疫了。

真·九把刀全集
獵命師傳奇
小說
非小說
電影院
都市恐怖病
愛九把刀
獵命師傳奇
殺手系列
相關資訊

・順暢的閱讀體驗
・可分享喜歡的句子到FB上（第一次分享需等待較長時間）
・精緻的書櫃及排版編輯
・可外連至九把刀部落格、噗浪，追蹤最新動態
（現在這個版本有一些程式上的瑕疵，所以我們已經弄出一個無蟲的除錯版版本，但在審查中）
（也就是說，我們在審查的過程中吃了虧，但我們依舊沒有放棄更新程式，讓新版本更強）

下個版本（希望通過審查）：
・補齊至50本書
・最新消息、推播功能
・持續新增書籍

如果大家反應很好，我們就會考慮再花錢弄出android系統底下的真九把刀全集，android的手機螢幕尺寸不一，規格繁多，所以我們第一波只會推出蘋果手機版，如果大家支持這個光明磊落的正版，我們就敢花錢朝android進攻，當然我們也會持續改善電子書翻頁的精細

度，讓大家手指翻過來翻過去都很順暢。（在下一個版本翻頁的技術比這個版本的更好）一切有賴幕後團隊的付出。感謝！

最後，我創作十三年了，眾所皆知我是一個充滿缺點的作家。

雖然我一直寫一直寫，目前共寫了67本書，說是勤勞應該還可以吧？

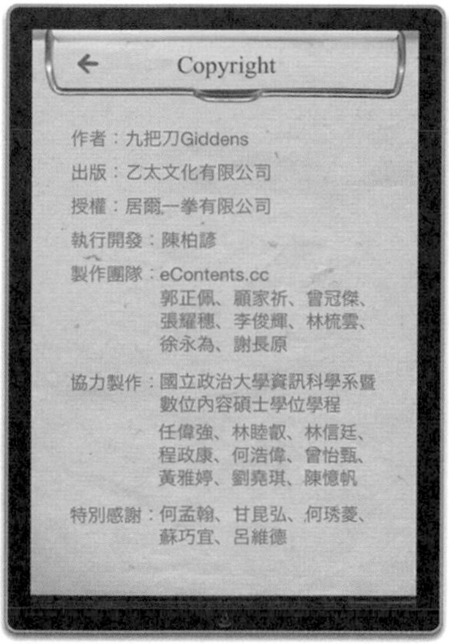

但我眞沒有什麼像樣的創作責任感，我始終認爲在寫作上，我高興，比讀者高興還重要。

我有很嚴重的坐骨神經痛，如果我一直沒有離開椅子持續敲敲打打整夜，那也是因爲我寫到心情飛揚捨不得離開鍵盤，心甘情願，而不是爲了要讓大家在週末有最新的小說可以看所以我決定忍受那種從大腿蔓延上腰椎的痛苦。

我從不覺得一口氣寫完《獵命師傳奇》會比我高高興興寫《獵命師傳奇》還重要。

我從不覺得寫版稅很豐厚的愛情小說比寫忍耐王王大明的冒險重要。

我重視開心勝過於責任，我喜歡寫作愉快勝過在寫作上積極尋求突破。

我從來不聽從讀者要我寫哪一個特定題材我就跑去寫哪一個特定題材或系列。

我一直都是，想幹嘛就幹嘛，想寫什麼就寫什麼，因爲我很了寫我自己，只有我快樂，我才不會背叛我的寫作。

當然我很高興我是受歡迎的，但我一直覺得，受歡迎是一種結果，而不是一種動機，當我爲了讀者想看《殺手》而我就去寫《殺手》的話，爲了讀者想看《獵命師》我就去寫《獵命師》的話，我最厲害的寫作狀態就算是永遠終結了。

對不起。

我認爲，只有當我自己想看殺手從門縫底下窺看蟬堡時，我便開始進入殺手世界，當我自己想目睹獵命師的戰鬥結果時，我才願意進入被火焰吞噬的東京——這才是我嚮往的寫作信仰。

我沒有一本小說是爲了符合誰的期待而寫。說是我自以爲是的驕傲也不爲過吧。

無論如何，大家漸漸長大，而這些漸漸長大的你們也都看著我如此任性地寫了十三年，題材跳來跳去，坑挖了又挖，還搞出忽然跑去拍電影的超展開，而我在寫作上的古怪個性、字體大小滿頁同字重複性近乎偏執、乃至所有詞藻缺陷大家或多或少都很清楚了，唯一不清楚的，很可能就是我一直很想認眞地對大家說，謝謝。

謝謝，眞的謝謝，這份無償禮物其實是你們賜與我的。現在就請收下吧。

我會繼續努力。

ps:

短短時間內，我已經看到有些人一直揣測，我跟出版社這個免費大方送的舉動，到底圖謀著什麼？肯定有所圖謀吧？所以我就直接解答吧，大家也可以繼續問，我就陸續補充答

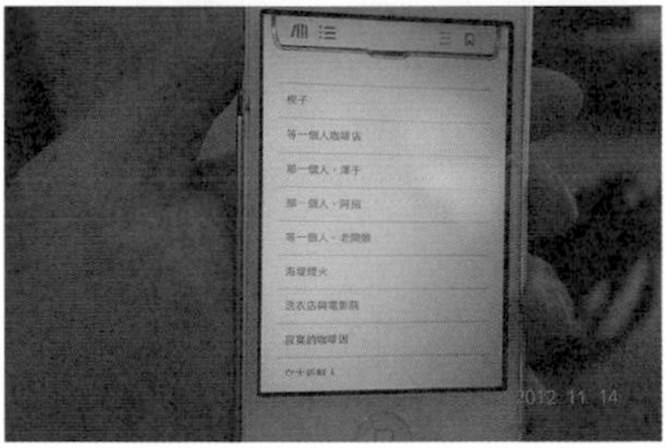

題。

1\.

問，現在送小說是免費，以後更新就要錢了，是吧？

答，所有的小說慢慢地陸續都會上架。考慮到不讓一直幫我出錢出力的出版社爲難，比較新的小說會比較慢上架，但上架的時候一定是免費，不會忽然跟你要錢。

2\.

問，廣告肯定在APP人氣衝高後就會出現了吧？

答，廣告不會突然有一天出現。

如果眞的出現了廣告，也一定是廣告出版社其他作家的小說APP吧，我希望可以幫到他們。

不過這一點我跟出版社沒討論過，只是我自己剛剛洗澡時的胡亂猜測，在這之前我跟出版社的討論裡都果斷同意沒有廣告。

3\.

問，爲什麼我跟蘋果對抗，卻仍舊要在蘋果的app store上架？

答，因爲我們已經爲了這個平台撰寫特定的程式十個多月了，不能前功盡棄，且蘋果是最大的智慧型手機平台，要送大家，就不能在這一點上嘔氣。

你可以覺得我沒骨氣，是的我接受。

無論如何希望我們有一天可以製作出android平台上的免費小說APP。

4.

問，最多人的質疑莫過於……眞的是免費的嗎？眞的會全部都送出來嗎？

九把刀跟出版社肯定沒有瘋掉，他們一定想從中得到什麼吧？

答，如此有義氣的出版社想要什麼，我無法代替他們回答，但我知道我想要什麼。

嗯。

我要大家快快樂樂看我的小說。

2012.12.06

唯有你挺身捍衛，正義才不是廉價的

https://www.youtube.com/watch?v=3IGNc3yBvlw

youtube 影片「中研院吳叡人發言，句句超經典精彩至極不看後悔。」

今年聽過最令人動容的演講。戰鬥，只有一種——那就是正面對決！

就是因爲我好好按照程序寫版權受侵犯抗議信，寫了那麼久那麼多次，都沒有得到正常的對待與處理，所以我才會肉身前往香港蘋果電腦公司抗議。

如果學生好好講話好好寫陳情書，NCC跟公平會就會認眞處理反媒體壟斷案，學生也不需要聲嘶力竭地嘶吼這個世界。

有時候我們吐，不是因爲挑食，而是這個世界實在太令人作嘔。

同學加油。

2012.12.07

不卑不亢的道歉態度，所以抗爭繼續聚焦在媒體不感興趣的反媒體壟斷上吧

http://www.nexttv.com.tw/news/realtime/latest/10523816

「『陳爲廷爲何道歉』　壹電視專訪16分鐘完整版」影片，一定要看。

清大：僅看聯合報標題就道歉　95教授連署不認同校方

〔自由時報記者洪美秀、湯佳玲／綜合報導〕清大教授發起連署，聲援陳爲廷爲反媒體壟斷在立院直指教育部長蔣偉寧「說謊、僞善」，被聯合報以頭版批評「不禮貌」事件，昨天已有九十五名教授（近全校教師人數六分之一）參與，表明不贊同學校所發「道歉」聲明。

主秘坦承未看學生發言全貌　是技術誤判

清華大學主任秘書簡禎富昨天首次坦承，事先未看到陳爲廷在立院對部長蔣偉寧的發言全貌內容，在第一時間就發聲明稿，是技術操作上的誤判，他會針對此事自請處分。另有

教授質疑校長陳力俊「躲起來」，簡禎富說，校長陳力俊認爲應多聽取教授的想法與學生意見，暫不對外回應。（下略，報導全文，可參見網頁 http://tw.news.yahoo.com/清大-僅看聯合報標題就道歉-95教授連署不認同校方-202210949.html）

說到禮貌問題……

對一個演講者來說，演講最基本的禮貌不就是尊重每一個聽講者嗎？

台大學生邀演講　聽眾只6人　李家同走人

網友譏「草莓校長」　李：過去了不談

【陳威廷、許敏溶／台北報導】暨南國際大學前校長、清華大學榮譽講座教授李家同前晚受邀到台灣大學水源校區學生宿舍演講，當晚有網友在台大批踢踢上po文，指因爲只有6名學生到場，氣得李家同拂袖而去，還揚言要寫信給台大校長李嗣涔，引發網友群起砲轟，批李「超沒肚量」、「難道6個學生不是人嗎」、「丟臉轉生氣」。（下略，報導全文，可參見台灣蘋果日報網頁 http://www.appledaily.com.tw/appledaily/article/headline/20110702/33500138/）

以下轉錄自陳爲廷的臉書。

關於我的「道歉」，全文如下。脫離「態度之爭」，對清大校方的後續回應，我完全無法接受；躲在「態度之爭」背後的馬政府，也不該再裝死，正面回應「我是學生，我反旺中」反媒體巨獸青年聯盟的訴求。

「大人們」，不要閃避！我道歉，但我們並不妥協。

漫畫家陳某送我的簽名圖，帥耶！

一

我道歉，但我們不妥協

關於媒體對我「態度」的討論，我一直認爲是可受公評之事。許多人認爲我「不禮貌」、清大校方說我「恣意妄爲」，但也有許多人看過全程影片後認爲我的態度並無不妥，清大師生也以集體行動、連署聲援，反對校方的「道歉聲明」。我個人認爲，面對說謊的、嘴上宣稱關心學生，實則避不見面、動用國家暴力的部長，當時的「態度」是必須的，畢竟我沒有權力動用鎮暴警察來回應教育部前的鎮暴警察、我也無權發函「關心」教育部長，作爲一個公民，我只能以我的言語來抵抗。

但，如果這樣的言語，造成許多人的情感受傷，我願意道歉。若社會一定要我道歉，才能好好思考教育部發函給各校造成的噤聲效應，及反媒體壟斷訴求。若清大校長一定要我道歉，才願意與學生一起抵抗教育部的「關心」，找回清大精神、爲民主自由做些事。那我願意道歉。

我對我的措詞造成人們的情感傷害道歉。但，對於我所陳述的事實，教育部長、校長、《聯合報》，必須對群眾的憤怒、學生的訴求做出回應，負起責任。

政府別再躲禮貌後

我道歉，是因爲不希望社會資源再耗費在我的「禮貌問題」上。我不過是個普通公民。媒體的版面應用來關注更迫切的壹傳媒購併問題。我們應將焦點擺回在「禮貌事件」背後躲藏了一個多禮拜的馬政府，要他們給出回應。在上千名學生齊聚公平會前抗爭後，公平會只給模糊的「召開第二次公聽會」承諾，馬政府及國民黨團，則以「尊重獨立機關」將學生訴求打發。

政府的確該「尊重獨立機關」，但對於「媒體壟斷問題」、「中國因素干預新聞自由」，及「基層新聞工作者勞動權問題」，執政黨不應閃避，應積極表態！

從《聯合報》事件中，我們學到一個事實：平面媒體不只是平面媒體，它更是「新聞內容的主要產製者」。電子媒體的報導大多追隨平面內容，一份《聯合報》的誤導，足以連帶多家電子媒體的誤導。這次的追打，也令人回想起羅淑蕾、葉宜津、黃國昌，及我個人所受的圍剿。正因此，反對媒體巨獸，勢在必行。

最後，我要對我的夥伴、支持我們的群眾、清大的學生和老師們道謝，也道歉。「公開道歉」對我來說，是艱難的決定。但在結束「態度爭論」後，也許我們能更積極的重申反媒體壟斷的訴求，也在這次事件中衍生出來的，包括「學生權利議題」及「清大家父長管理制」等戰場裡，持續進擊。道歉後，抗爭才剛剛開始。我們一起攜手，風雨同行。

作者爲清大人社院學士班學生、反媒體巨獸青年聯盟成員

（本文獲得作者同意全文轉載）

李家同：相信罵教長的陳爲廷不敢在街上嗆黑道

生活中心／綜合報導

「反媒體巨獸聯盟」成員，清大的陳爲廷3日於立院痛罵教育部長蔣偉寧僞善、不知悔

改，在社會上引起正反2面的評價，像是邀請學生到場備詢的民進黨立委鄭麗君就表示尊重他們表達意見的自由；但清大榮譽講座教授李家同除形容陳的行爲有如文化大革命外，更直言要是陳在外碰到黑道敢當面罵對方的話，他會很佩服，不過相信他不敢。

陳爲廷3日在立院大嗆蔣偉寧，「我認爲你僞善的部長，我認爲你是不知悔改的部長，我認爲你沒有資格做我們的部長，請你向我們道歉。」引起一陣譁然，甚至有平面媒體以2個版面指控學生態度不禮貌、以及立委玩過頭。（下略，報導全文，參見東森新聞雲網頁http://www.ettoday.net/news/20121205/135755.htm）

我只能說，幸好當時在台大等待李家同教授演講的那六個聽眾，不是黑道。

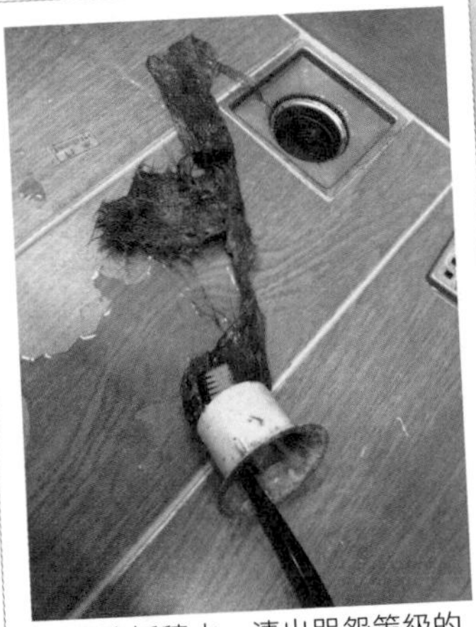

浴室地板積水，清出咒怨等級的頭髮！

「變身！ACTION！」與我，七年前與七年後

2012.12.18

我喜歡話說從頭，所以我就話說從頭吧。

於是得從關係遙遠的回憶說起。

要說非小說的影像世界裡，是誰先發現我的才能，應該是導演鄺盛。在二〇〇四年時候，柴姊找我去談《打噴嚏》的版權之前，知名的ＭＶ導演鄺盛打了電話給我，說他在機場隨意買了我的小說《臥底》，一趟旅行下來，臥底看完了，覺得很好看，影像風格很強烈，希望我能夠跟他一起合作ＭＶ，我寫腳本，他拍片。當時每一本書都賣得超級無敵爛的我，當然馬上就同意了。

當時我們合作的ＭＶ腳本，是阿爾發唱片公司的鐵竹堂的主打歌。我很喜歡鐵竹堂的歌，到現在都還是覺得很不錯，只是當時我費了很大心力寫出來的腳本，鐵竹堂的成員並不喜歡，意見很多，我沒有讓步但也沒有堅持，反正我的功能是提出一個好故事，做決定的是導演、唱片公司、以及鐵竹堂的四個成員。最後遠赴洛杉磯拍攝的ＭＶ出來，我被請到阿爾

發去看MV的成果。

那天下午我一個人坐在放映室，開始了我極爲煎熬的觀影過程（那是一個約半小時的完整版）。只有最後一個畫面的最後一句對白，符合了我的腳本設計，其餘都不是我腦中曾經誕生出來的畫面，甚至還相差很遠。忽然之間我覺得阿爾發付給我的全額費用，我拿得很心虛，因爲我完全沒有幫助到鄺盛導演。更重要的是，那不是我的腳本。

有了那個經驗，從那個時候開始，我在幕後幫其他的導演寫電影劇本都不會掛「九把刀」這三個字，因爲我覺得我寫劇本是爲了導演服務，而不是爲了自己的創作，所以我都用另一個代號，而那個代號並不等同「九把刀」。那個代號是寫手，九把刀，是作家。即使我默默無名，但我覺得只有先懂得尊重自己，別人才會知道你值得尊重。所以當許多人都以爲我跟台灣電影的關係始於二〇〇九年的「愛到底」，錯，眞實年份是「二〇〇四」。至於我用代號寫了那些東西我不會說哈哈。

有一陣子鄺盛導演偶爾會找我去攝影棚看他拍片、一起吃東西、或一起去開一些電影會議，我則繼續幫他免費寫MV腳本提供意見。我記得鄺盛導演當時最想拍攝的故事，是「樓下的房客」。我則因爲要幫他寫MV腳本，想出了殺手G跟殺手鷹的故事，從此誕生了殺手系列。

黃立成Jeff就是在那個時候，透過鄺導的某個電影會議上間接認識的。

然後我寫了一個劇本大綱給黃立成（我還記得我在火車上寫那個劇本大綱時，毛毛狗剛好離開我，我一邊哭一邊寫，眞的是極慘，那一段情節我還寫進了《這些年，二哥哥很想妳》），他雖然不那麼喜歡，但大概是覺得我有潛力吧，所以就跟我約在信義威秀旁邊的NEO19裡面的Chili's聊合作。

我吃著整盤生菜沙拉，一邊說著我認爲可以拿去拍電影的我的小說內容，也一邊聽黃立成說著他心中的電影藍圖。要知道，那可是「不能說的祕密」尚未誕生的年代，任何台灣電影只要一拍出來就是賠錢，賠多賠少而已，但黃立成對著我說了很久很久他對電影的想法，他說，只要有好劇本，他隨時願意開始把錢倒進去拍攝。

我記得非常清楚，當我們離開餐廳時，我說：「老實說，我覺得我們還沒準備好拍電影。你要不要再等一等？」而黃立成卻非常堅定地看著我，說：「不要怕，我們隨時都可以開始拍。」

於是Jeff黃立成介紹了另一個Jeff，張時

東海射箭社，酷耶！

霖給我認識。張時霖是廣告界非常厲害的導演，以精準的幽默感聞名（大家去google一下張時霖導演的作品集，就可以知道他創作了許多大家耳熟能詳的經典廣告）。張時霖導演是一個瘋狂的特攝片迷，他的工作室裡擺滿了數以千計的各式各樣玩具，當然也有他鍾愛的假面超人。他想拍一個關於超人的故事。關於熱血。關於愛。

那時我剛剛完成小說「打噴嚏」不久，「打噴嚏」也是一個關於超級英雄的故事，論其熱血感人的程度，我想可以在我67本書中排行前五吧，但我知道「打噴嚏」的拍攝成本在當時應該沒有台灣電影可以支撐起來，於是我就換了另一種思維跟張時霖導演討論故事。不久後我就寫了一個暫名爲「不是盡力，是一定要做到」的電影劇本，交給張時霖導演。（這個劇本跟《打噴嚏》一點也沒有相關啊大家！我只是喜歡話說從頭啊！）

張時霖導演很幽默也很聰明，他給了我一些故事上修改上的建議，我來回改了三四次後，才終於完成了劇本。而這個電影劇本，張時霖導演給了我很大的空間發揮我自己的創意，完成的作品我也非常喜歡，所以我非常願意讓張時霖導演使用「九把刀」這個名字，而不是我以前使用的代號。那時，是二〇〇五年，我剛剛開始寫《獵命師傳奇》。

一晃眼，七年過了。

……《獵命師傳奇》還沒寫完（逃）。

二〇一一年，監製黃立成與導演張時霖終於讓這個故事進入了籌備階段，而那麼長的等待期中，導演張時霖當然也修改了部分的劇本（我剛剛研究了一下我七年前寫的劇本，大概有八成留下，兩成被導演修改），在二〇一二年的春夏之際緊鑼密鼓地開始拍攝。當時我還跑去探敖犬的班，正在拍關鍵武打戲的他渾身都是二氧化碳啊。

大概是兩個月前吧，黃立成邀我偷偷看了「變身！ACTION！」的初剪試片。電影一開始的節奏有點慢（我想後來的定剪版本肯定改善了不少吧），但四分之一之後開始變得很有趣很好笑，到最後還加了一把洋蔥。

女孩是重度動漫迷。

我一邊笑嘻嘻地看，一邊覺得拍電影眞的很不容易，我在七年前寫的劇本，竟然走走停停了那麼久才眞正實踐在大螢幕上，除了爲電影很好看而開心，還爲了這一場電影夢想終於不再只是夢想而感到無比慶幸，辛苦了變身的電影劇組人員。一切都很不容易。而我那麼喜歡陳柏霖，自己沒機會合作，卻很幸運地還是由他當男主角演出了我寫的劇本，而「那些年」裡的合作夥伴敖犬，也很神奇地加入了「變身」，加上全聯先生也擔綱住第二男主角，眞的是太感人了吧！

最後，大概是因爲我「最好找」吧，很多網友都會問我，變身裡的超人造型太像假面超人了，是否涉及抄襲，嗯，我也覺得很像非常像，如果我能夠決定超人的造型，他就不會長這個樣子。但基本上這個問題問我就問錯了，因爲我只是編劇，我並沒有參與任何超人造型的設計或討論。我跟大家一樣希望不管是監製還是導演能夠解決個疑問，讓電影沒有任何陰影，畢竟「變身！ACTION！」是一部非常好看好看好看的電影，有任何爭議都太可惜了。

希望「變身！ACTION！」能讓大家笑，也能感動大家。

很帥的殺檸檬器。

周淑真老師的茶

2012.12.29

話說我國中時期的國文老師周淑眞，就要從精誠中學退休啦。

周老師是我們這一班「美三甲」最要好的老師，也是我們這一群「那些年，我們一起追的女孩」裡帶我們去埔里精舍過夜玩耍（大概是我們人生第一次在沒有父母陪伴下在外面過夜吧）的那個老師。

所以我們在國中畢業的時候，大家準備了一本畢業留言冊送給她，每個人都在上面寫一些祝福給老師，我也不例外，畢竟周老師教了我三年國文，改了我幾十篇胡說八道的作文，眞是辛苦她了。

周淑眞老師眞心認爲學佛可以改善個性，還記得國中畢業前夕她送我們全班同學每個人一串白色佛珠，要我們靜不下心唸書的時候就拿出來狂唸南無阿彌陀佛。

班上太吵鬧的時候，她還會叫我們一起背誦心經，讓整個教室的氣場達到佛光普照的境界。

在我們上高中後連續拐帶我們去山上當佛學營小老師（還當了兩次！）的老師，讓我們原本應該很熱血的暑假充滿了悠悠恍恍的誦經聲。

——最重要的是，她很早就識破我很喜歡沈佳宜，可說是頭腦清楚，目光銳利。

時光飛逝啊，周老師看著我們從一群小屁孩慢慢變成一群大屁孩，大屁孩又生了新的小小屁孩，周老師肯定覺得不能再把寶貴的時間浪費在小屁孩身上了，於是決定從精誠中學退休，展開事業第二春。

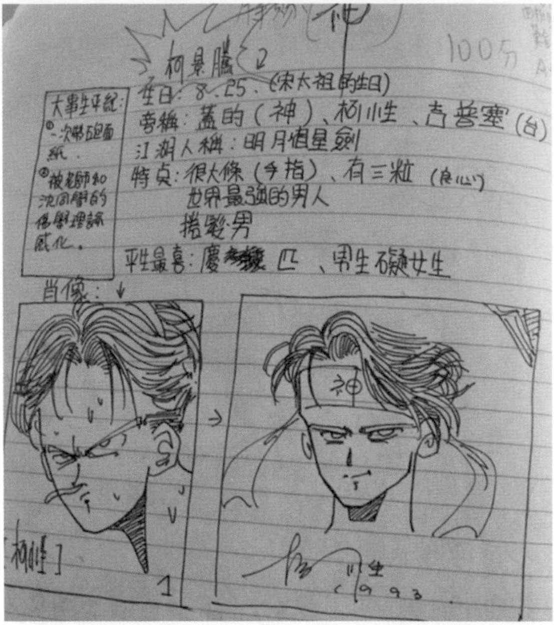

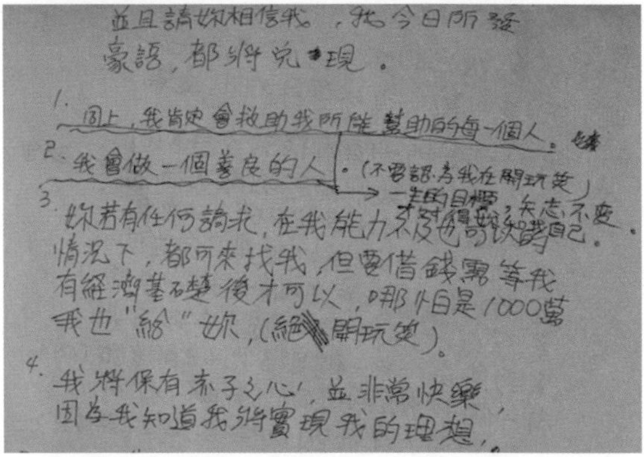

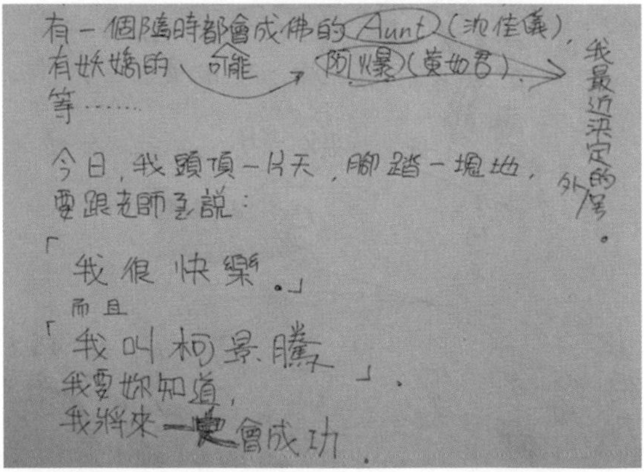

雖然周老師很喜歡學佛，但她的事業第二春不是去開一間廟，而是茶葉。

在某種因緣際會下，周老師認識了一個世代種茶製茶的李先生，在品茶之間給了她靈感，她想要研究冷泡茶的製作與銷售。

周老師跟我說，她覺得現在的學生都喝太多高熱量的垃圾飲料，要不然就是用茶精泡出來的包裝茶，很不健康，不如喝真正天然的冷泡茶，多好啊多健康啊。

我說，老師等等，這件事我比妳清醒啊，要是時光倒流我回到國高中小屁孩的身體裡，我一定還是會喝很多亂七八糟的高糖飲料，反正青春無敵，所以妳應該考慮將冷泡茶賣給上

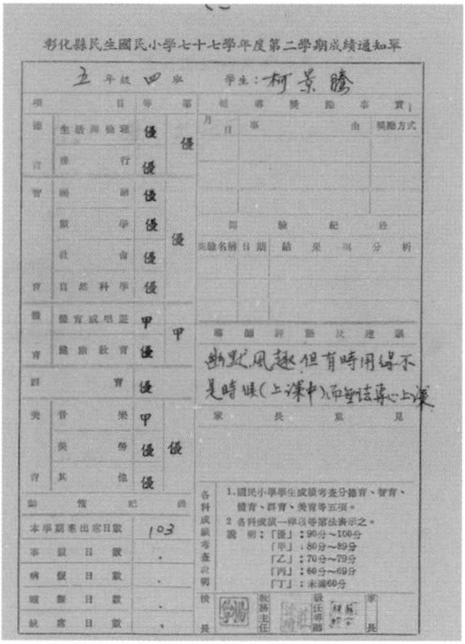

彰化縣民生國民小學七十七學年度第二學期成績通知單

五年級 四班 學生：柯景騰

項目		等第	
德行	生活與倫理	優	優
	操行	優	
智育	國語	優	優
	數學	優	
	社會	優	
	自然科學	優	
體育	體育或唱遊	甲	甲
	健康教育	優	
群育		優	
美育	音樂	甲	優
	美勞	優	
	其他	優	

勤惰紀錄	
本學期應出席日數	103
事假日數	、
病假日數	、
曠課日數	、
缺席日數	、

導師評語及建議：幽默風趣但有時用得不是時候（上課中）而無法專心上課

各科成績考查說明：
1. 國民小學學生成績考查分德育、智育、體育、群育、美育等五項。
2. 各科成績一律以等第法表示之。
說明：「優」：90分～100分
「甲」：80分～89分
「乙」：70分～79分
「丙」：60分～69分
「丁」：未滿60分

校長　教務主任　級任導師　家長

當時上課很愛插老師的話。

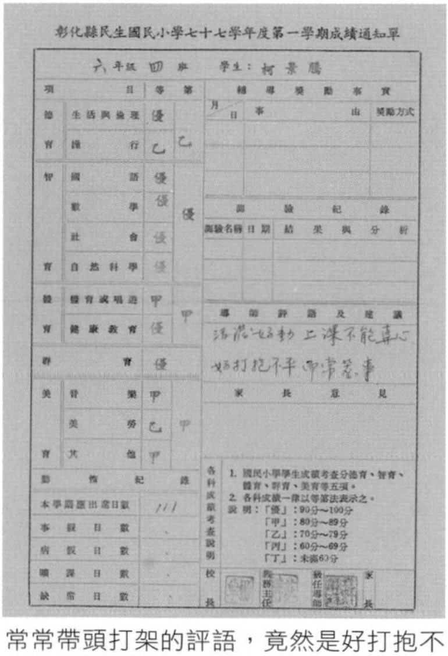

彰化縣民生國民小學七十七學年度第一學期成績通知單

六年級 四班 學生：柯景騰

項目		等第	
德育	生活與倫理	優	乙
	操行	乙	
智育	國語	優	優
	數學	優	
	社會	優	
	自然科學	優	
體育	體育或唱遊	甲	甲
	健康教育	優	
群育		優	
美育	音樂	甲	甲
	美勞	乙	
	其他	甲	

勤惰紀錄	
本學期應出席日數	111
事假日數	、
病假日數	、
曠課日數	、
缺席日數	、

導師評語及建議：活潑好動 上課不能專心 好打抱不平 常常惹事

各科成績考查說明：
1. 國民小學學生成績考查分德育、智育、體育、群育、美育等五項。
2. 各科成績一律以等第法表示之。
說明：「優」：90分～100分
「甲」：80分～89分
「乙」：70分～79分
「丙」：60分～69分
「丁」：未滿60分

校長　教務主任　級任導師　家長

常常帶頭打架的評語，竟然是好打抱不平！老師真是太客氣啦！

班族，因爲上班族比較有可能接受「天然的冷泡茶」比「市面銷售的茶精泡茶」還要健康好喝，也比較沒有那麼青春無敵啊。

藉著一個週末，周老師帶我們去參觀李先生的璧雲居，我們又開了一次其實常常在開的同學會（我們不只一起長大，長大以後還一起長不大），李先生請我們吃了一頓很好吃的茶餐，每一道菜都有茶的元素，很養生的感覺。

不過我們吃飯的時候始終保持一種很沒氣質的打鬧狀態，感覺很不養生。

之後大家到李先生的茶園裡踏青長知識，主要是看看周老師想主打的一種特殊茶葉是怎麼一回事，也就是小綠蟬咬過的茶葉。

愛啃幼嫩茶葉的小綠蟬又叫涎仔，牠咬茶葉的時候同時分泌出的唾液，會讓茶樹產生防禦機制，茶葉因此分泌出一種化學物質，而這種化學物質反而會讓茶葉帶有一種甜甜的香氣，東方美人茶跟蜜香紅茶都是這樣來的。

小綠蟬的出現，其實也代表茶葉的安全吧。

周老師給了我一些試用品，希望我幫忙試喝，不過這些試用品還沒有正式的包裝，也還沒有去註冊商品名，就是想我先喝喝看再說，好喝就幫她推薦一下。

我是一個粗鄙沒耐性的人，平常想喝茶就是喝便利商店的冷飲包裝茶，所以在將周老師的茶葉拿去冷泡的同時（我將茶葉包放在寶特瓶裡沖乾淨的過濾水，然後放在桌上不理會），我也拿去直接熱水沖一沖就喝。

老實說周老師的茶葉熱泡之後，喝起來就是很普通的熱泡茶，不過泡在溫水裡的冷泡茶，喝起來就是很好喝，完全沒有澀澀的感覺。

我將幾包茶葉送給我那只喝茶不喝咖啡的刁鑽經紀人曉茹姊，她也覺得非常香非常順口。

我那常常喝茶的爸爸也覺得周老師的冷泡茶很好喝。

總之前一陣子我都在狂試喝周老師未來的事業，但我沒去考試，所以無法說我喝了之後考試一百分啦哈哈哈。

由於正式包裝、logo與商品名稱都還沒出來，所以這是一篇很不成熟的業配文啊哈哈哈，但就是想快點幫周老師的忙，我想之後不管在籌錢或是在行銷通路上，周老師還是有很多難關等待她去克服，但幫老師試喝跟推廣我是一定會盡力的啦，希望周老師慢慢將這個真的很好喝的冷泡茶系列給推出，讓幾乎沒有在網誌上寫過廣告文的我可以好好捲一次袖子啊。

——畢竟我可是精誠中學史上最強的小說家啊（這個稱號感覺有點弱啊）！

< 特別到灌籃高手的名場面拍照。

2013年

兩個女孩，一個脾氣很好，一個脾氣……嗯嗯。

2013.01.11

半夜，女孩獨自帶柯魯咪公園玩耍的悲劇

前情提要：

這幾天我到北京和青島宣傳小說「等一個人咖啡」，所以笨狗柯魯咪就交給女孩照顧了。昨天半夜女孩打電話給我，我已經睡了，算是被吵醒（暖氣太強了，空氣很乾燥），她跟我說她不知道怎麼辦，因爲正在公園遛柯魯咪的她很困擾，手足無措因爲有一隻有主人的黑狗正試圖想上柯魯咪，她不知道該不該硬是把柯魯咪拉走。我們講了一下下電話後，我就繼續睡（但沒睡著，錯過了最想睡覺的時間點了），而她則繼續努力跟柯魯咪、以及超想上柯魯咪的黑狗搏鬥……

她結束遛狗後回到工作室，我還是沒有睡著，於是我們繼續用line聊天，這個對話我越看越好笑，到了今天我忍不住把它貼出來，看得懂就看得懂，看不懂我也懶得解釋啦！

如下哈哈哈哈哈哈哈哈~~~~~~

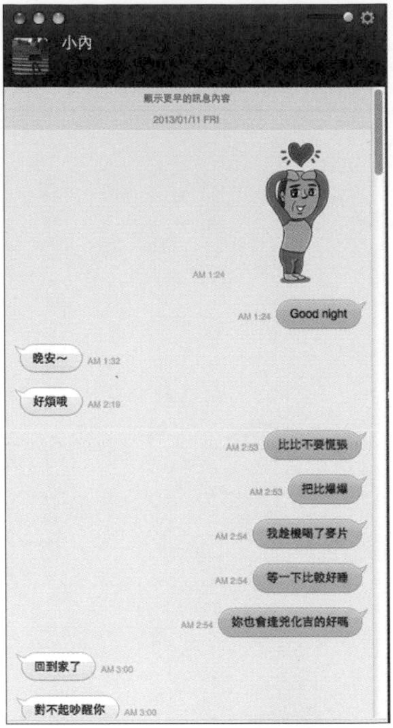
小內
顯示更早的訊息內容
2013/01/11 FRI
AM 1:24
AM 1:24 Good night
晚安~ AM 1:32
好煩哦 AM 2:19
AM 2:53 比比不要慌張
AM 2:53 把比爆爆
AM 2:54 我趁機喝了麥片
AM 2:54 等一下比較好睡
AM 2:54 妳也會逢兇化吉的好嗎
回到家了 AM 3:00
對不起吵醒你 AM 3:00

1

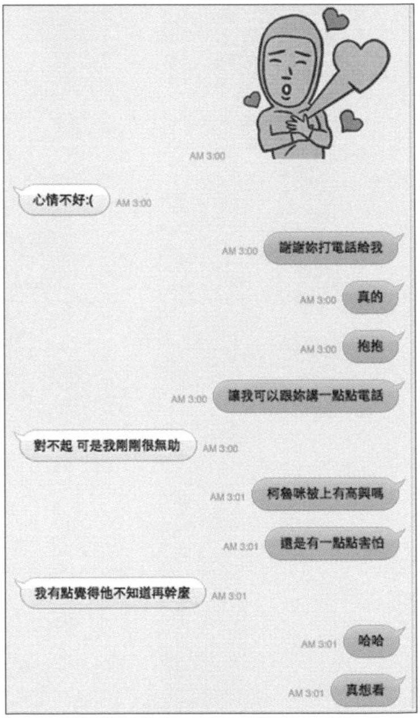
AM 3:00
心情不好:(AM 3:00
AM 3:00 謝謝妳打電話給我
AM 3:00 真的
AM 3:00 抱抱
AM 3:00 讓我可以跟妳講一點點電話
對不起 可是我剛剛很無助 AM 3:00
AM 3:01 柯魯咪被上有高興嗎
AM 3:01 還是有一點點害怕
我有點覺得他不知道再幹麼 AM 3:01
AM 3:01 哈哈
AM 3:01 真想看

2

小內
一開始他都會掙脫 由時候會坐下 AM 3:01
AM 3:01 比比最棒了
AM 3:01 謝謝妳照顧她
我猜他大概不要所以啦他走 可是我一邊啦一邊被上 AM 3:01
後來又放掉 AM 3:01
AM 3:02 雖然妳很討厭，但妳形容的真好笑
後來又被上 我看到有一次 AM 3:02
柯魯咪沒再掙脫 AM 3:02
一瞬間覺得柯魯咪該不會喜歡吧 AM 3:02
可是瞬間又想到 那萬一黑狗射了我怎麼清理 我才不要 AM 3:02
然後想去啦他 AM 3:03
AM 3:03 哈哈哈哈
一走進看（因為他們一直跑） AM 3:03
AM 3:03 比比

3

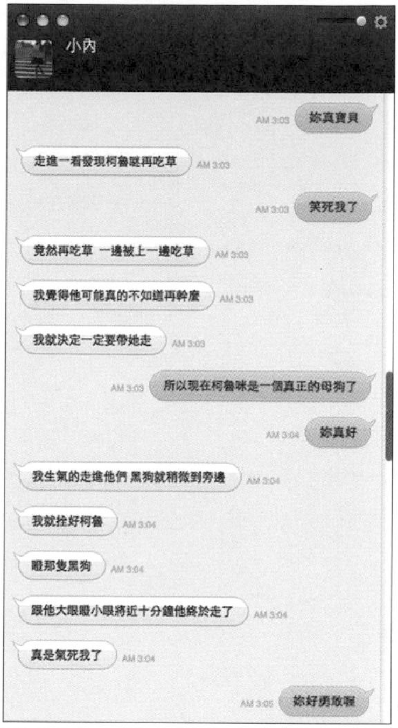
小內
AM 3:03 妳真寶貝
走進一看發現柯魯昵再吃草 AM 3:03
AM 3:03 笑死我了
竟然再吃草 一邊被上一邊吃草 AM 3:03
我覺得他可能真的不知道再幹麼 AM 3:03
我就決定一定要帶她走 AM 3:03
AM 3:03 所以現在柯魯咪是一個真正的母狗了
AM 3:04 妳真好
我生氣的走進他們 黑狗就稍微到旁邊 AM 3:04
我就拴好柯魯 AM 3:04
瞪那隻黑狗 AM 3:04
跟他大眼瞪小眼將近十分鐘他終於走了 AM 3:04
真是氣死我了 AM 3:04
AM 3:05 妳好勇敢喔
1

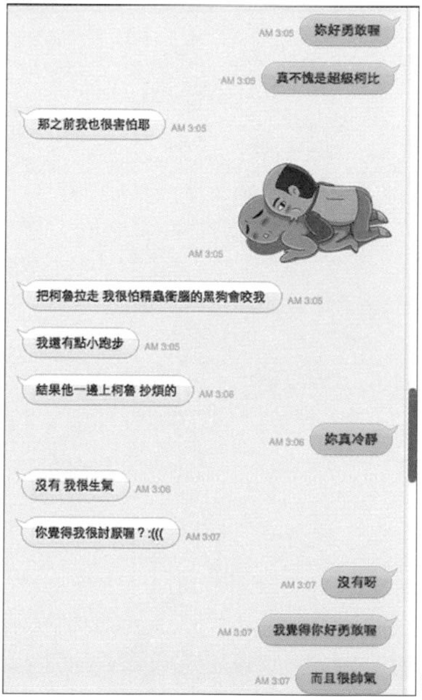
AM 3:05 妳好勇敢喔
AM 3:05 真不愧是超級柯比
那之前我也很害怕耶 AM 3:05
AM 3:05
把柯魯拉走 我很怕精蟲衝腦的黑狗會咬我 AM 3:05
我還有點小跑步 AM 3:05
結果他一邊上柯魯 抄煩的 AM 3:06
AM 3:06 妳真冷靜
沒有 我很生氣 AM 3:06
你覺得我很討厭喔？:(((AM 3:07
AM 3:07 沒有呀
AM 3:07 我覺得你好勇敢喔
AM 3:07 而且很帥氣
2

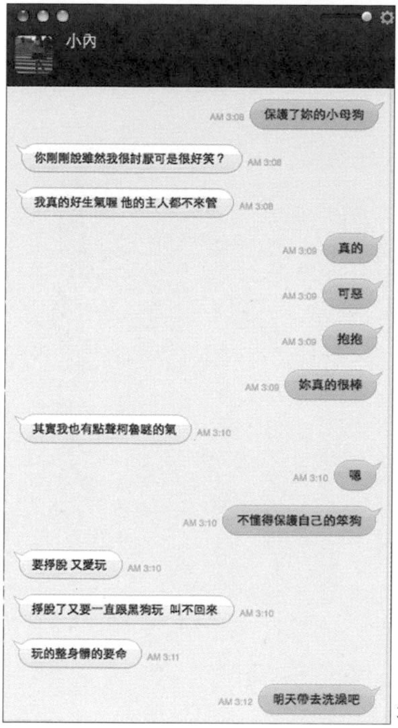
小內
AM 3:08 保護了妳的小母狗
你剛剛說雖然我很討厭可是很好笑？ AM 3:08
我真的好生氣喔 他的主人都不來管 AM 3:08
AM 3:09 真的
AM 3:09 可惡
AM 3:09 抱抱
AM 3:09 妳真的很棒
其實我也有點聲柯魯昵的氣 AM 3:10
AM 3:10 嗯
AM 3:10 不懂得保護自己的笨狗
要掙脫 又愛玩 AM 3:10
掙脫了又要一直跟黑狗玩 叫不回來 AM 3:10
玩的整身髒的要命 AM 3:11
AM 3:12 明天帶去洗澡吧
3

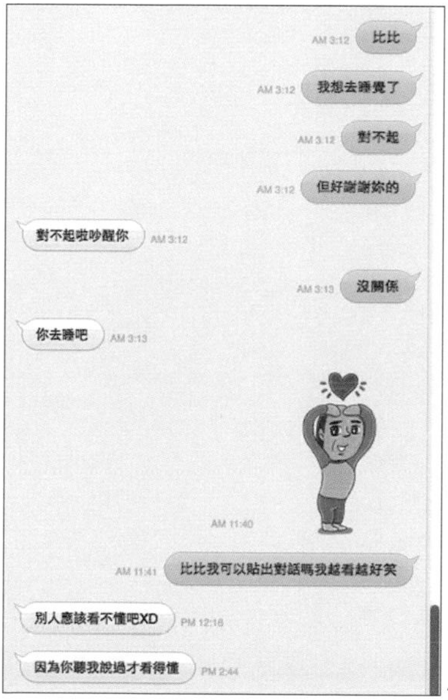
AM 3:12 比比
AM 3:12 我想去睡覺了
AM 3:12 對不起
AM 3:12 但好謝謝妳的
對不起啦吵醒你 AM 3:12
AM 3:13 沒關係
你去睡吧 AM 3:13
AM 11:40
AM 11:41 比比我可以貼出對話嗎我越看越好笑
別人應該看不懂吧XD PM 12:16
因為你聽我說過才看得懂 PM 2:44
4

女孩跟我的歡樂小尾牙

2013.02.08

昨天晚上，女孩一直嚷嚷她今年都沒有尾牙吃，我覺得眞是可憐，決定帶她去吃一頓好東西當作尾牙。不過女孩的要求很嚴苛，她堅持要有抽獎，不然就不像尾牙了，我只好勉爲其難地從印表機裡面抽出一張A4，然後寫上等一下可以提供給這位可愛員工的獎品。

還沒出門，女孩坐在沙發上一直鬼叫她眞的好緊張喔、好想抽到厲害的獎品喔之類的，造成我巨大的壓力，只好認眞寫幾個抽中眞的會爽到飛天的獎品，然後把紙片摺好，放在信封袋裡。

到了餐廳（其實也只是港式飲茶啦），展開超小型的兩人尾牙。我先約法三章，無論如何只能抽一張，除非抽到「再抽一次」否則不能重抽。否則依照女孩賴皮的慣性，我一定是整個信封袋都被抽乾！女孩嘿嘿嘿說好，然後迫不及待抽抽了一張……

然後女孩就崩潰了。

說眞的整個信封袋最爛的就是那一張了，卻偏偏讓女孩抽到，所以女孩決定發揮她死也不想就範的賴皮精神，堅持要抽第二張。

結果抽到了香港自由行！

女孩很不滿，因爲我本來就打算在過年後帶女孩去香港玩（不是工作喔，是玩），經過她嚴正抗議後，我只好讓她再抽一張。

這次女孩抽到了按摩券兩張，她強做鎮定，說：「好吧，就這個好了……」不過表情卻像是踩到了大便，完全是逼我承認這個我早就買了六張要自己去按摩的券子是很爛的獎品。

香港自由行！

按摩券兩張！

香吻一個！

我只好放任她再抽一次。

不過我還是很嚴肅地跟她說：「眞的就是這一張了喔，不可以再反悔了。」

女孩很開心地說：「好的！」

然後火速伸手進信封又摸出一張……

獎品是香吻一個！

這可是第一大獎啊！

這眞的是非常超級的禮物，大街小巷的少女每一個都想要的超有愛禮物爲什麼抽到第一大獎的女孩，一臉像是被公車癡漢性騷擾一樣不情願呢？

再抽一次！

鑽石！

佛心的我只好勉爲其難再讓女孩抽一次

這次！女孩！抽到了！

鑽石！！

當時我一陣暈眩，有種大叫「人不是我殺的！」的衝動。

不過女孩自己覺得很理虧，她說這不算啦，這是她一直一直想抽獎意外拗來的，不算（眞是好險！），所以她不要鑽石、也不想繼續玩了。

唉，難得女孩這麼成熟懂事於是我破例（一直破例！）再讓她反攻一次。

女孩馬上露出飛天的表情，趁我反悔之前毫不遲疑又抽了一張，這次是……

瞧瞧她一臉好險的表情那麼當然就再抽一次啦！

結果是……

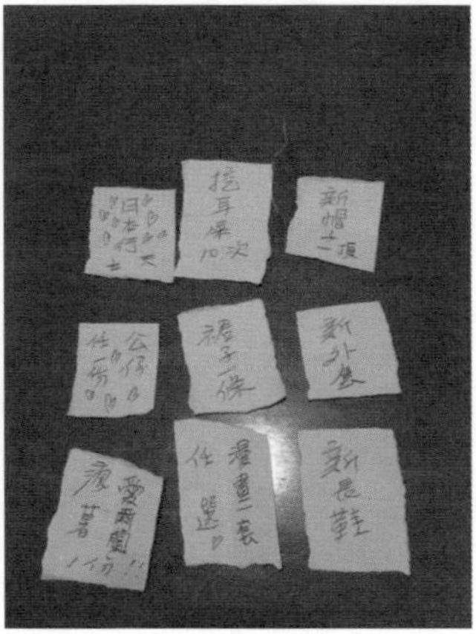

女孩再度崩潰了。

尾牙抽獎的遊戲至此結束。

爲了證明我眞的寫了不少好禮物在裡面，我們馬上倒出信封袋裡的小紙條好好檢查一遍，上圖都是沒抽到的……

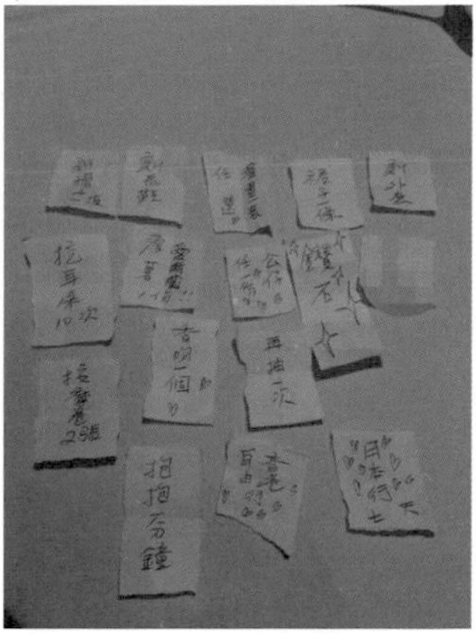

真是一個很有愛的遊戲。

不要問我馬賽克後面的東西是什麼……

上圖複習女孩抽到的尾牙禮物。

希望大家的尾牙都抽到非常厲害的好東西喔，新年快樂啦！

一萬年的崇拜

2013.02.15

身為周星馳的信徒，這不可能是一篇客觀的影評。我很樂意遂行我快樂的主觀。以下極度劇透，小心被我雷到。

請問：同樣都是大家從小看電影到大的共同記憶，梁朝偉、劉德華、李連杰、周潤發、金城武，跟周星馳有什麼不同？我的答案是，大家都是好演員跟大明星，卻只有周星馳可以稱為「文化現象」。

周星馳的電影裡充滿了許多無厘頭的語言符號，這些語言符號在電影下映後，透過有線電視台經年累月反覆不斷地播放後，竟變成一種奇特的集體學習，最後演化成所有人琅琅上口的流行語，每個人都知道火星很危險、阿鬼還是說中文的好、打電話可以問功夫、沒收工就罵髒話下場就是變成兔子，是的，我們也都知道曾經有一份眞誠的感情擺在周星馳面前但他沒有珍惜……而這次，周星馳不再當演員，而是用導演的角度重新演繹這句價值一萬年的經典對白。我的天啊非常好看！

先說光頭王唐三藏吧，唐僧在西遊記的傳統演繹裡，是一個迂腐的極致代表，他負責空談大道理，負責被營救，也負責被忽略——導致幾百年下來讀者只崇拜孫悟空，卻無人發現唐僧的帥氣！在周星馳版本的西遊裡藉著舒淇的嘴巴說出了盲點，唐僧是一個沒有法力也沒有戰鬥力的平凡人，卻膽敢出生入死度化妖魔，這才是大勇之人，於是唐僧歸位，成爲「驅魔人」，重新成爲西遊記的起點。

周自己導演的電影一向結構簡單，內容清楚明白，既然重點是唐僧，在猴妖孫悟空的戲份只剩下最後一段的時候，豬妖跟魚妖就更不用說了，只是被當作唐僧與舒淇飾演的另一位女驅魔人相識相戀的背景，周導乾脆讓他們一句台詞也不用說，這兩個妖怪不用開口，卻充滿了智障的喜感。

不過妖怪終究是妖怪，再怎麼智障的妖怪還是妖怪，在周的喜劇模式下並沒有卡通化這些妖怪的殘忍，所謂仇恨成妖，魚妖在影片一開始就打破了小孩絕對不會死的鐵律，而豬妖更沒有傳統想像裡的「胖子就是天生好相處」的憨樣，翻臉不認人。至於妖怪之王孫悟空，他可以跟你打屁老半天，但一身魔性的他可以輕易不把任何人當成一回事，以超雄的暴力格斃在幾分鐘前還跟他有說有笑的人。

是的，這就是周星馳眼中的妖怪姿態，充滿對人類的仇恨，充滿對如來的不滿與復仇意志，完全不是戴著頭套嬉皮笑臉的卡通妖怪。我特別喜歡在豬八戒那段食人餐廳的處理，明明兩個師兄妹關於容顏的對話讓我笑死了，但氣氛卻莫名地恐怖，壓迫感十足，完全體現了周星馳絕不妥協的妖怪觀。

我很喜歡周星馳熱愛在電影裡反覆出現同樣一段的配樂，在高手出場時特別有效，這手法在「少林足球」、「功夫」裡都很管用，我同樣買單西遊降魔裡不斷出現的、極有氣勢的配樂，很黏耳朵，幾乎成為西遊的印記。

王家衛跟周星馳的電影，神髓都是在對白。不過王導擅長高來高去，文青恨不得拿筆記本在電影院裡面一句句抄下來膜拜，周導則是低能弱智對白的王者（不夠弱智觀眾可是會很失望的），阿宅們從沒打算抄，反正重複看幾十遍電影的結果一定會讓那些智障對白變成熱門的網路用語。

可周星馳百笑一哭，你笑了九十九句弱智對白，偏偏他又能在關鍵一句上打動所有人。走出電影院，那句「一萬年太久，愛我，現在。」讓我內心激盪不已，虎目含淚。只是不管是哪個版本的「西遊」、主角是孫悟空或唐三藏，都註定要在這場禁欲旅程中失去他們的愛情，不論是哪一句一萬年，都浸泡在充滿悔恨的痛苦淚水裡。

這次的「西遊降魔」，周星馳證明了即使自己不當演員，還是可以讓一部電影充滿周星馳的神采。我真的很開心這個地球上我最喜歡的電影人依舊非常厲害，這種不理智的感動，就是我最大的崇拜。

超喜歡畫大牆面！

2013.02.23

「十二夜」影片救援計畫，希望你成為我們的天使！

我想這個計畫，得從我懷裡這一隻博美狗開始說起。

他的名字叫puma，是我在國中三年級時養的狗，是我的弟弟。

在puma出現在我生命之前，我是一個非常怕狗的人，遠遠看見狗就逃走，可在puma開始瘋狂抽插我的腳之後，我的小腿常常濕成一片，我從此不怕狗，只怕puma死掉的時候我不在旁邊。

而這一張照片，是我在大學一年級時，我叔叔結婚那一天親戚合照時順便拍的。那一年，我十八歲，我一頭自然鬈的頭髮醜到爆（所以沒能追到沈佳宜），而只有五歲的puma則無時無刻都想著要幹我的小腿。

當puma十四歲的某一天，他走了，我沒能依照約定待在旁邊，我錯過了。

那是我這輩子最傷心的一件事。後來我寫了一本書《這些年，二哥哥很想你》，紀念有puma陪伴的那段歲月。

回想起來，這眞是難得的緣份，當只有三個月大的柯魯咪出現在我們家的一開始，年邁的puma還在，很老的他爲了宣示自己不容置疑的地位，小小的他還跑去又咬又打了柯魯咪好幾下，告訴她誰才是老大。

雖然那時柯魯咪只有三個月大，但年輕力壯的她無可奈何一掌揮回去，puma還是整

我很想puma。

個被打翻。puma咬她十口，柯魯咪回咬一口就能扯平，兩條狗這才亂七八糟地玩在一起。

我很慶幸這兩個兄妹有過那麼一段短短的相處，如此，我才能夠偶爾跟柯魯咪說如果看到puma回來找二哥哥，不要害怕，要跟他好好玩。

而我去看puma的骨灰罈時，也會跟puma說，你回來探望二哥哥的時候，看到柯魯咪要好好跟她相處，保佑她健健康康，不要太早離開二哥哥。

柯魯咪今年八歲了，整天黏著女孩跟我，很貪吃，連草都愛亂吃。今天下午帶她去公園散步，她突然跑去吃路人給的怪東西，還被我施展愛的鐵拳教育。

我很愛柯魯咪。

對柯魯咪比較不公平的地方是我總是跟她說：「妳好乖喔，妳是我全世界第二喜歡的狗了。」

因爲我的第一名，永遠都是那隻改變了我一生、圓滿我人格最後一塊拼圖的，puma。

每次話說從頭就枝枝節節地說不完。

今年年初，電影「那些年，我們一起追的女孩」的攝影師，周宜賢，是的，就是那一個擁有神燈陰莖的阿賢，跑來跟我說有一個計畫希望我幫忙。

阿賢平常是一個很隨性的人，那天講話卻有點支支吾吾。

他說，他常常在臉書上轉貼狗狗等待領養的資訊，所以有一個同樣很愛動物的剪接師找上他。那個剪接師想擔任導演，拍一個影片推廣「以領養代替購買」的精神，去幫助處境可憐的流浪狗。

阿賢很機八。

那個新導演是一個女孩子，叫Raye，她希望阿賢擔任這個影片的攝影師，而製片則是Raye的好朋友怡佳。

阿賢說，他想我來擔任這一個影片的監製。

我說，啊？

阿賢緩緩解釋，監製有很多種功能，有的監製擅長找厲害的人幫忙，有的監製擅長找錢，有的監製擅長企劃，有的監製……

我打斷阿賢，我說：「我沒當過監製，我也不擅長找錢，我認識厲害的人都是你們這些人，不過如果我是監製的話，我剛剛好是一個有錢的監製，所以我可以出錢幫忙這個影片的拍攝。」

是的，所謂的有錢就是拍「那些年，我們一起追的女孩」所賺的錢，那些錢我除了會拿來投資其他導演的電影計畫，也會拿來支援這個「以領養代替購買」的影片。

原先我以為我第一次擔任監製的電影是「等一個人咖啡」或「殺手，迴光返照的命運」，但因緣際會，我第一次監製的電影變成了這個突然跑出來的影片——暫名「十二夜」。

之所以這支影片叫「十二夜」，是因為每一隻狗被捕捉進收容所後，法律保障這些狗狗有十二天的時間等待原主人找回、或被新主人領養，過了十二天，就會被安樂死。

很不幸，許多狗狗根本捱不過這十二天，因為在收容所裡極端殘酷的環境根本不允許。

「十二夜」在過年前夕開始拍攝，拍攝的地點之一當然是動物收容所。

十幾天裡，阿賢帶著劇組工作人員，矮著身子穿梭在鐵籠中，用手中的鏡頭記錄了許多狗狗被捕捉到收容所驚慌失措的那一刻，直到他們離開收容所的最後一刻……不管是以什麼樣的方式離開。

本來，我打算從頭到尾都用阿賢拍攝到的影像素材，跟導演討論這個影片的製作方向，不是因爲我覺得這樣比較客觀，而是我覺得這樣比較接近「觀眾視角」，不過阿賢覺得我完全有必要到現場一次，去實際感受他正在拍攝的一切。

爲了不想被說懶惰，一夜無睡的我也去了收容所一趟。

收容所裡面環境極端惡劣，都是糞味、尿味、血氣、體臭，光是污濁的空氣就足以令人窒息。不知爲何出現的血水凌亂地噴灑在地板。任何地方都可能出現大便，即使狗狗直接拉屎在飲水或飼料裡也無人覺得有必要清理。

有些狗狗死了，還沒被管理員發現，屍體怵目驚心地躺在裡面，而跟他同籠的狗狗不是蜷縮在角落、就是對著屍體狂吠。

超多隻小狗全擠成一堆，壓在最底下的肯定是不活了。

有的狗狗彼此依偎取暖。

有的狗狗在籠子裡歇斯底里互咬宣洩壓力。

有的狗狗用力咬著不可能掙脫的籠子。

有的大狗在籠子裡不斷原地旋轉、一邊大叫。

更多的狗狗在哭，一直，在哭。

我在由無數鐵籠子構成的收容所裡走來走去，只要我一蹲下，與裡頭的狗狗視線接觸，

他們不是帶著微弱的希望慢慢走到我面前，舔舐我的手指，就是遠遠地漠然地瞪著我，鄙視

我的冷眼旁觀。

被捕捉進這裡的狗狗，有的進來時已瘦骨如柴，情緒徬徨且激動，不曉得在街頭流浪了多久。有的狗狗尚戴著項圈，毛色乾淨發亮，眼神茫然不曉得自己爲什麼會被捉來這裡。

我親眼看見一隻狗狗在被放進籠子裡的過程中，嚇到大便失禁，而他一進籠子就不大便了，那條大便就含在他的屁眼中間，既不大出來，也不縮回去，他就保持了這個嚇壞了的僵硬姿勢至少兩個小時。

那裡是狗的地獄。太多太多說不完了。

狗狗在這裡有太多太多悲傷的故事，十多天都蹲在那裡的導演與阿賢比我更清楚，未來就讓影片慢慢說給大家聽。

回到影片。

現實很殘酷，但我希望再怎麼殘酷的現實，在影片裡都要有愛。有愛，就算是一億噸的黑暗，都能綻放出一兆的光。

但是要如何綻放呢？

說起來，我很清楚我要怎麼擔任由我自己小說所改編的電影的監製，我知道我的擅長與不擅長，當然我也知道我所創作的故事最感人的價值核心是什麼。

但，這次不一樣，很不一樣。「十二夜」這個影片需要的是我的力量，而不是我的想法，所以我想我的監製功能就是幫助導演在她的想法下完成這個影片，將我們共同相信的這件事——「對狗狗的愛」——能夠藉著影片發揮出最大的力量。

以領養代替購買，不要助長冷血的商業繁殖善待你的狗，不要用任何理由遺棄視你爲家人的他。

這就是我自認的監製功能。可對我來說，這次的監製眞的是虛名。

這個影片眞正的監製一直是阿賢，他是核心的靈魂人物。

靈魂人物對一個電影說有多重要就有多重要。

在「那些年」裡，我努力說服所有工作人員跟我一起相信同一個夢想，一起完成同一個目標，我希望可以感動所有跟我一起並肩作戰的人，否則，就別提如何感動觀眾了。

然而，在影片「十二夜」裡，我則是被感動的那一個人。

我深深受感動了，所以我加入了這一個因愛而強大的劇組——這個劇組堪稱是史上最濫情的劇組。

機八的阿賢。

爲什麼說是濫情呢？

這個影片最後所呈現出來的風格我暫時保留，但在捕捉素材上，我們拍攝了很多令人不忍卒睹的眞實畫面，記錄下人類的殘酷所以我們無法像很多好萊塢電影一樣，在最後一幕打上溫馨的這一句話：「沒有任何動物因本片拍攝而受傷或死亡」。

恰恰相反，在本片裡有很多讓人心酸的離別。

正因爲如此，導演與阿賢在拍攝過程中無法忽視那些正飽受痛苦煎熬的無辜眼神，終於他們打破了記錄者與被記錄者之間的那條界線，對收容所裡的狗狗伸出了援手。

是的，影片拍攝期間，劇組救出了很多隻狗狗，他們並非名犬，並非狀態良好，甚至有的狗狗還身受重病如犬瘟，奄奄一息，有的長期缺乏營養，瘦到隨時都會餓死的程度。

我們在救助狗狗的過程中產生了極大的醫療費，幸好阿賢與導演不斷打電話聯繫他們所知道的能夠提供幫助的每一個人，如陳映容導演，如動物保護協會，如強者EMT等等來自四面八方的志工，他們提供了各式各樣的資源與奉獻，提供場地讓狗狗復健、提供醫療、提供營養食品、提供二十四小時的觀察與陪伴希望這些原本活在地獄裡面的狗狗能夠重新產生對人類的信任。

而這些影片製作費之外的狗狗救援費很龐大，超出了我的預算，我原本想詢問演藝圈裡許多明星是否願意一起贊助這個援助計畫，或許藉著許多愛狗明星的參與，更有機會將影片的影響力發揮到更大。

可是身邊的朋友都跟我說，雖然立意良善，但很多人一起出錢，就會有很多種不同的想法，如果最後有帳目上的任何疑問或誤解，都會傷害到這個計畫。

所以我想乾脆我一個人很崩潰地把錢出到底算了。

沒想到這個時候，從導演Raye那邊得知此計畫的隋棠，跟我開了一個會。

在會議中，我跟隋棠大概解釋了一遍我們正在製作的影片，一向愛狗的隋棠馬上挺身而出，她毫無猶疑地跟我說：「好，你出所有的製作費，我出所有的救援費！」

我虎軀一震：「這樣的話，妳可以跟我一起當這個影片的出品人嗎？」

就這樣，在人正心又美的隋棠資金挹注下，我們得以一邊拍攝，一邊救狗。

我猜這或許是世界上最溫暖的濫情了吧。

我之所以在影片還沒完成的時候將緣起寫成一篇網誌，就是希望被我們救援出來的狗狗，在治療復元之後都能夠遇到眞正的天使。

是的，我們只是一群好心的過客，不是天使，眞正的天使就是最後將他們帶回家的人。

之後我們會整理出需要被領養的狗狗資料，照片、毛色、年齡、一點點個性分析。

或許還有一滴滴他們待在收容所裡的故事吧。

我希望這些天使就在閱讀這篇網誌的人之中。

最後我知道有一些人會提出一些質疑。

比如說，爲什麼我們關心狗，卻不關心被我們吃掉的豬、雞、牛、鴨、魚這種對生命的偏心是不是太矯情了呢？

又比如說，如果我們眞的那麼有愛心，如果我們對收容所的環境或制度這麼不認同，爲什麼不把收容所裡面的狗狗通通都救出來？爲什麼只救這些呢？

又比如說，人都快吃不飽了，爲什麼你們要關心狗卻不先關心人？

爲什麼不把拍影片的錢拿去贊助貧苦學童的營養午餐呢？

我沒有複雜的說法，只有一個簡單的答案。不代表劇組，僅代表我個人。

那就是：**我們這群毫不完美、能力有限的的電影人，正在盡我們所能付出的，最大的，努力，去改變一點點我們不喜歡的這個世界，希望這個世界慢慢變成我們比較喜歡的模樣。**

一點點，就一點點。無論如何我們不想放棄。

希望你也可以成爲這場戰鬥的一份子，給我們意見也好，提供資源也好，幫我們轉發分享這篇文章也好，如果你願意將其中一隻狗狗帶回家，照顧他，陪伴他，捏捏他當他對著剛下班剛放學的你吐出舌頭，輕輕挨著你搖尾巴的時候，你一定會從狗狗的眼神裡，明白我爲什麼要稱呼你爲天使。

讓我們試試看一起綻放，一兆的光吧！

以下補充。

我接到一些網友的訊息，大家都很熱心地詢問有沒有捐款給我們的方式，希望可以幫上忙，好的，沒錯，影片還沒拍攝完，所以需要資金，是的沒錯，但是這點還不需要大家煩心。

我從一開始就沒有要將這個影片當作商業使用的打算，心態上沒打算回本，於是心臟也特別大顆，當然，我們團隊希望這會是一個善良的好影片，而如果它不只是一個有意義的好影片，甚至還「很好看」的話，我自己會花更多錢想辦法用電影的後製規格令它進入大銀幕，發揮更強的影響力。

不過大家想提供資金，我心領了——因爲其實你們已經提供了，當你們前年買票進戲院看「那些年」的時候，甚至當你們過去十幾年在買我小說的時候，就已經讓你們的力量進入這個影片裡面了，只是當時我還不知道罷了。

所以謝謝了，大家早已是「十二夜」的股東。

影片的製作費用我會出到底，而隋棠也很帥氣地扛下了所有的狗狗救援費用，事實上我一直覺得攝影阿賢、導演Raye、製片怡佳、幫忙照顧狗狗的志工們付出更大，「十二夜」主要的團隊人員全都是無償地投入戰鬥，他們才是奉獻者。

「現階段」我們需要的是：

1. 慢慢聚集大家對這個影片的關注，與能量。
2. 當我們將這些被救援出來的狗狗醫療完畢後，劇組會整理出狗狗的照片與資料，令這些狗狗能夠透過大家的轉發文章，找到願意帶他回家的主人。

這點就是將來大家可以強力幫忙的地方！

關於第二點我要稍微解釋一下，收容所的環境眞的很惡劣，很多狗狗在外面流浪幾個月都死不了，被送來這裡卻連十二天都撐不過，就是因爲收容所充滿了透過空氣、水、糞便傳染的疾病，犬瘟尤其致命。

有些人有到收容所領養過狗狗的經驗，領養回家後沒多久就死掉，造成善心人士對領養狗狗有心理陰影，就是因爲狗狗其實在裡面就默默生病了，只是一開始沒發作罷了。所以通

常都會建議領養出來的狗狗要先在獸醫院觀察幾天，才能確保狗狗健康。

我們比較濫情，所以我們想當更負責任的「中途之家」，我們花了很多人力與醫療資源在這些被救出來的狗狗身上，就是想要將來領養他們的人，可以安心收養，不必擔心才剛剛領養就必須面臨生離死別。

謝謝隋棠。

希望妳越來越紅，因為我知道妳得到更強大的力量，會幫助更多需要幫助的人。

屬於「十二夜」的桌子。

2013.02.27

「十二夜」之2，我們這些電影人的擅長與不擅長

持續報告影片「十二夜」的進度。

與其說是進度，不如說是一個狀態。我們才剛剛結束拍攝收容所的部分沒多久，影片的後續拍攝還沒結束，而我們找了北中南三個場地，讓被救援出來的狗狗們好好復元。

希望他們慢慢恢復生氣。

而自從我將這個拍片計畫放上網後，我的臉書就一直收到來自各界的資源訊息，讓我感受到這個社會超級強大的善意，最多的來信是想捐款贊助我們，讓我們更好做事。

所以我有必要好好說明一下我們究竟需要大家幫什麼忙。

說到資金。記得嗎，我當初在籌備「那些年，我們一起追的女孩」時，我沒有足夠的資金弄動畫特效，所以我賣了一次「蘋果戰鬥T」來籌款，目標是六十萬，當時我故意把話講得清楚明白，亦即：「賣T恤賺來的錢，我沒有一毛會捐給慈善機構，每一毛錢我都會拿去製作電影特效。」後來我也眞的這麼做了，沒有拿去偷買公仔。

由於拍「那些年」無論如何都是一個商業行爲（即使用追求夢想來稱呼那些年，那也是

我個人的夢想，這個夢想畢竟不是大家的），而我賣T也是一種商業行爲，彼此支援的兩者結合得很好，我覺得藉此得到大家的金援實在是太快樂了。

不過這次完全相反。網路的謠言可以是很殘酷的，我們正在拍攝的「十二夜」完全不是商業行爲，如果我開放讓大家幫忙出錢籌資，不必等到帳目不清，直接就會有「這些人在藉流浪狗的議題歛財」的風言風語，立意良善的「十二夜」立刻蒙上陰影，很雖小，所以我一開始就完全杜絕「接受社會捐款」的想法，徹底不讓這些潛在的批評來傷害這個計畫。

另一方面，跟流浪動物相關的、動物保護相關的各協會，也不在我募款的範圍內，對我來說，這些單位反而都是需要大家捐款給它們，而非我們去跟它們要錢拍片。

所以乾脆一點，由我跟隋棠各自負擔影片製作與動物救援的所有費用，資金來源乾乾淨淨，一定可以讓「十二夜」保持在一個很單純的行動方案裡。這一點我想請願意出錢資助我們的大家知道我的想法——眞的，要做好事的人，一定得比所有人都正直。

請大家出錢，我不敢。

不過請大家出力，我就敢了，要我趴下去拜託都可以。

不過現階段要出什麼力呢？

現階段一方面我需要大家幫忙轉發文章，累積社會的關注。

另一方面，我需要更多電影人的加入。

直白地說，我們這些電影人的專長不就是拍影片嗎？所以這一次，我們就是拿我們各自擅長的強項，團結起來，去拍一個我們認爲很可能改變某一件事的影片。

在我貼出「十二夜」計畫之後，曾經幫「翻滾吧！阿信！」與「南方小羊牧場」擔任電影配樂的王希文便傳了一個訊息給我，希望可以義務幫忙。

而在「那些年，我們一起追的女孩」中負責拍攝劇照跟工作照的龍五，他也迫不及待想義務幫忙。

專業的聲境錄音室願意傾力協助我們後製聲音，台北影業的胡總也豪氣地說要幫免費幫影片弄後製，還有負責超多電影的造型師許力文，她也想知道自己可以幫上什麼忙，「大尾鱸鰻」的導演寬姊也想出一份力氣，還有好多好多我之前根本就未曾謀面的強者都想給「十二夜」力量。

（徵強者：我們現在還缺少一個很溫柔的編劇，負責對白、旁白、文案以及跟我們一起討論電影敘事的可能性。是的，我一個人的腦袋不夠用啦。）

這些是來自電影人的助拳，未來我們會統合這些一定派得上用場的力量。

而有更多寫信給我想幫忙的是動物保護團體，它們擁有很多的志工資源，以及醫療資源，它們長期在這個領域爲流浪動物戰鬥，更可以提供給我們寶貴的救援經驗，其中也有私人動物醫院的醫生想幫忙治療狗狗。

當然還有許多網友說，他們可以幫忙照顧狗，或者乾脆說他們不知道可以做什麼，不過他們的肉體隨時等待「十二夜」的召喚。

當今社會這麼現實，而大家卻願意這麼超現實的義務幫助，讓我更覺得這個計畫所代表的意義一定很強大，不然根本不可能吸引到這麼多好人共襄盛舉。

老實說我沒有誠惶誠恐，也不想假裝誠惶誠恐，因爲我們又不是在幹壞事，相反地我這幾天更認眞地把這個計畫想得更清楚，其中很重要的自知之明的覺悟是……這個計畫很偉大，但我們是一群很不偉大的人！

我們這些電影人，拿手的是拍攝影片，不拿手的是救援狗狗，而幸運的是，救援狗狗的部分已經有很多動物保護團體在做，而且是持之以年地付出，這次的拍攝救援行動也倚賴了動保團體裡的不少志工強者，比起我們，他們才是動物保護的中流砥柱，他們才偉大，我們應該為他們所用，而非倒過來。

於是，未來「十二夜」的拍攝成果將免費提供給這些動保團體使用，「十二夜」取得的贊助廠商或相關資源，也會轉介給這些偉大付出的團體，將來我們並不會一起做一樣的事，所以並不會有資源重複或分配不均的問題。

的確，因拍攝產生的救援行動會持續下去，直到狗狗找到好主人為止。但長久的救援與養護，還是要交給眞正專業的團體。

我們是超級戰友。

而我們的影片「十二夜」要改變的對象，是一般社會大眾的某些觀念，我希望藉由影片引起注意，並做好一件事！是的，就是區區一件事！

一個承載了太多觀點的影片，恐怕會變成教科書般的說教教材，焦點也容易分散，所以在議題上不能太貪心，什麼都要講，什麼都要提，這樣影片的力量會模糊，也不好看。「十二夜」將會集中力量在一個充滿力量的觀念上，只要可以將一個「領養、不棄養」的觀念有效地散佈出去，就有改變這個社會的一小部分的可能性。

——這一小部分，會是一大部分的開始。

爲此我想先簡單提一下收容所。

收容所願意讓我們進去拍攝，也是希望影片「十二夜」可以發揮好的作用，提高領養數量、減少棄養的問題，爲此我們很感激所方的理解與配合。

而我在照片與文字裡所呈現的收容所慘烈的模樣，並不是我想向收容所的惡劣環境宣戰，對於「十二天之後無人認養就得安樂死」的現行制度、與「收容所的空間與人力資源均不足」所導致的殘酷現實，也不是「十二夜」要戰鬥的對象。

小孩子會主動接近柯魯咪亂摸一通，真是不可思議。

不是「十二夜」要戰鬥的對象，並不代表收容所的環境就是對的，就是好的，就是不需要改變的，我只是希望「十二夜」的焦點不要分散到那邊去。

收容所是狗狗的地獄無誤，但正因爲其制度與環境都很惡劣，在裡面長期付出的醫生跟志工更令人肅然起敬。

我們應該是戰友，我們都該同意收容所不是狗狗應該待的地方。

收容所不是狗飯店，也不是狗醫院，更不是狗的養老院，在收容所工作的人員只能在制度限制下維持狗狗的生命，直到法定的十二天倒數完畢。

所以別把你家的老狗病狗遺棄到收容所了，那裡不該是你家人跟這個世界相處最後十二天的地方。

一篇一口氣說了太多事的網誌，力量也不會強大。所以我要喊停了。

總之我會持續更新「十二夜」的進度。

眞實的人性是，一開始大家會覺得很熱血很想幫忙很想有貢獻，但是隨著時間慢慢流逝，熱血可能會冷卻，關注可能會變少，所幸我們做的事很有價值，我知道，只要沒有停下來，偶爾放鬆的手掌終究還是會捏成一個拳頭。

謝謝願意跟我一起組成這隻拳頭的大家。

好難過但也好感動的東京巨蛋超激戰

2013.03.09

當雜記好了。今天在東京現場看台日大戰，誤入一壘區敵營，身旁都是日本人，所以我沒有辦法跟著集體坐一起的台灣球迷做有秩序的加油吶喊，不是不敢，而是根本很奇怪，但我還是照樣用力鼓掌跟大聲叫好，畢竟根本就忍不住啊！

FUCK!

在東京巨蛋為中華隊加油後，陌生的大家也變得不那麼陌生了。

不過旁邊的日本人也沒把我當一回事，反正不是他們鼓掌就是我鼓掌，不是他們大聲叫好就是我大聲叫好，他們站起來我就坐下，我站起來他們就賭爛坐好。

這是我第一次在日本看棒球，東京巨蛋眞的好酷喔，連洋基新棒球場都被比下去了（我覺得），動線規劃得很好，叫賣啤酒的辣妹都很可愛，在客觀環境差異如此巨大的條件下，台灣隊一路拚到最後，我眞快哭了我的媽呀。

我們連一個像樣的棒球場都沒有，而日本的每一個球員登場，全場都會一起唱不同球員（來自不同球隊）的主題曲，氣氛超感人，渲染力巨大，而我們一路篳路藍縷的棒球球員卻可以跟他們拚到延長賽，眞的，是這些球員帶我們到世界舞台，這些英雄什麼也沒有虧欠我們。

看球的時候有一幕很動人，鏡頭拍到一個日本人舉著黃色牌子，上面寫著「感謝Taiwan，捐贈2011,3」，全場鼓掌，我也覺得好榮耀，那個鏡頭還停了特別久，我想很多人都拍了照。

離開球場的時候，坐在走道最末端的日本人對著我跟女孩深深鞠躬，說「阿哩阿豆！」唉，雖然有點感動，不過我還是比較希望離開東京巨蛋的時候，是帶著爽翻天的欠揍笑容啊……

最後特別謝謝坐在我前面的那位落單的台灣留學生，還有那位超熱血的香港球迷，我們一起看棒球一起聊天一起大笑一起撞牆，眞是難能可貴的看球經驗。看球有伴，輸球有伴，也算是安慰了……

比賽完，沒電車了，和萍水相逢的、一起加油的留日學生們一起喝酒吃東西，除了少了一場勝利，唉，什麼都不缺了。

也只能一起喝酒了。

那一天陳金鋒打出全壘打！

譽真總是笑得很誇張哈哈。

祈禱馬來西亞重新大選，乾淨選舉！

2013.05.07

上了大學，不知不覺有了很多馬來西亞僑生朋友，其中一個還把我的鼻子踢斷。寫了書，每年都要去一次馬來西亞世界書展演講，我身上這件衣服就是馬來西亞的九刀會所贈（＝邪教組織），馬來西亞的心一直離台灣很近很近，現在我能做的就是真誠祈禱，黑暗過後，便是黎明初升。

所謂：「暗黑兵法，公子獻頭。」

剃了光頭之後，第一個感想是……這個造型莫名其妙的很色！

馬來西亞的九刀會，很像邪教組織！

光頭的劉建偉同學，殺氣！

我人生中的第一顆光頭就獻給馬來西亞的大家了，希望馬來西亞能夠重啓大選，這次乾乾淨淨，跟我的腦袋一樣乾淨。

這是我的一點心意，馬來西亞的大家，加油！

話說今天我去剃光頭，操刀的是一直以來都幫我剪頭髮的阿爆小姐，她一直科科科笑個不停，問我爲什麼要剃光頭，老實說我眞是說不出口我說我覺得這個理由很害羞，比打賭賭輸了還害羞，不知從何說起，她說不會啦她很想聽，

我只好扭扭捏捏地說了一次……

「我覺得馬來西亞這次的大選背後很齷齪，那裡的大家都很傷心，所以我要剪一顆光頭，希望馬來西亞如果重新選舉的話，可以乾乾淨淨。」

沒想到阿爆就沒有笑了，很專心幫我斬草除根，可見我有多不適合說正經的事哈哈哈。

就這樣了，希望這兩個禮拜邀請我去做活動的單位不要覺得很度爛哈哈哈！

阿爆小姐。

正面迎擊，一場拒絕成為魯蛇的戰鬥

2013.05.09

漫畫《刃牙外傳》裡，豬狩與斗羽的最後戰鬥中提到這一段話：「職業摔角手不能逃避敵人的攻擊，對手的攻擊要全部接下來！即使是再怎麼有危險性的技巧也一切都要照單全收！」——這就是紀錄片「正面迎擊」的片名精神吧！

今天晚上看了鍾權導演拍了三年的紀錄片「正面迎擊」，其實我一年多前就看過初剪，當時就很震撼鍾權捕捉到的東西，果然經過一年淬鍊後的正片又更加好看了。

或許在行銷宣傳的便利上，把這片定位成「追求夢想的一群熱血男子的故事」很不錯，但這樣的定位會可惜了這部紀錄片的眞正內涵，畢竟眞正打動我的，其實是「魯蛇相互扶持的情誼」。

魯蛇這個字眼，是網路鄉民的一種自我嘲諷，大概就是「Loser」的戲謔中文化，我覺得在台灣「魯蛇」的用法差不多等於大陸的用語「屌絲」吧。使用「魯蛇」這個字眼很危險，因爲「魯蛇」幾乎是自己嘲笑自己的用法，亦即自己可以用在自己身上，當搞笑，當自嘲，但你說另一個人是「魯蛇」，被說「魯蛇」的人肯定被酸得很不爽很度爛，覺得自己當然不是「魯蛇」。

但我覺得，魯蛇很能代表這群人在一般社會大眾眼中的模樣，而正是因為這個魯蛇笨拙愚直的模樣，在影片裡所散發出來的情感，比一般人還要濃烈，他們所採取的正面迎擊姿態，比一般人還要勇敢！

表面上「正面迎擊」所記錄的是台灣摔角運動，問題是台灣摔角聯盟在一般人的認識裡幾乎是空氣般的存在，算是無人知、無人曉——這正是這支紀錄片的精采之處！

一群喜愛摔角的男人，在一個沒有摔角運動文化的台灣，如何維繫他們對摔角的熱情？沒有摔角文化，當然也就沒有真正能靠摔角得到穩定收入的運動員（或者說表演者），也因此需要對這個格鬥技更高度熱情的能量才能持續不斷從事下去。

「正面迎擊」海報劇照。（鍾權導演提供）

無法從擂台上獲得像樣的收入，這些魯蛇當然平常都有別的工作，另一種身分，有人是便利商店店員，有人是刺青師，有人是服裝設計師，有人是貨車司機，有人我一直沒弄懂他們是以何維生，絕大部分的人都沒有女朋友，與這些魯蛇搏鬥的，並非是擂台上的敵人（這些敵人也都是他們的夥伴所扮演），而

「正面迎擊」劇照（鍾權導演提供）

是「現實人生」。

所謂的現實人生是什麼？這種不被社會與家庭支持的表演格鬥技，長久消耗著這群男人對摔角的熱情，這些長久累積的消耗，體現在對平日練習的怠惰（下一場比賽在哪裡都不知道，一直練習是要練什麼啊），對準備架設擂台的不情願，與夥伴之間的爭執與不諒解，都是被現實消磨的無奈結果。

但他們沒有放棄！沒有放棄啊！

我看到這些被現實消磨到極致的魯蛇們相互扶持，彼此打氣，不善言詞的前輩慢條斯理地開導後輩，明明自己不敢追求女孩的前輩胡亂鼓勵著後輩去搭訕路邊的可愛女孩等等，從影片裡可以感受到，他們或許不是離不開舞台，因爲舞台幾乎不存在，而是離不開長久以來彼此的羈絆吧。

他們是一般社會大眾眼中的魯蛇，但他們卻拒絕自己

僅僅是一般人的樣子，他們不要只是那樣的軀殼。只要他們的眼中還刻著夢想，他們就能搭起屬於自己的擂台，即使這個擂台不被看見，不受重視，缺乏熱烈的群眾掌聲。

我眞的很感動，因爲這些人註定無法從擂台上拿走任何榮耀。

他們眞正可以帶走的，是同伴的汗水。

有些事，只有他們自己懂。

「正面迎擊」劇照。（鍾權導演提供）

這支紀錄片誠實地拍下了這些無奈，與他們折射在我眼中的那份折磨與苦悶。當然了，也拍下了這群魯蛇拒絕成爲魯蛇的奮力一搏。在那小小的擂台上，他們與喬裝成敵人的同伴竭力奮戰，在離開擂台的遼闊現實裡，他們茫然卻緊緊相依。

伍佰在影片裡下的註解極好。摔角就是膽小又勇敢。因爲膽小，所以不敢面對平凡。但又因爲勇敢，所以創造自己的世界！

前一陣子看導演鍾權在臉書上自暴自棄，沮喪地說自己再也不作電影夢了，因爲種種現實太折磨太消耗了，之類。但這個累積三年了的影片成果，實實在在綻放出一種姿態。也許鍾權不爲他人理解的箇中辛酸也折射進了影片。這三年沒有白費。只要拳頭還握著，沒有人是魯蛇。

「失敗也是一種資格，獎賞你上過擂台。」這句話送給「正面迎擊」裡的所有男子漢！

從「記錄與創作」故事的角度，看便當姊事件

2013.05.20

雖然我在寫《獵命師20》，但遇到了就遇到了（好吧我承認我是自找麻煩哈哈哈），我就用說故事的邏輯來聊聊這次的便當姊事件吧。

我們先確立一個前提。所謂的「創作」，與「記錄」是不一樣的東西吧？否則就不須要用兩個不同的名詞去說同一件事。所以「小說」跟「回憶錄」是不一樣的東西，是吧。

二二八事件是一個既定存在的殘忍歷史，它是一段「確實發生過了的事實」，如果有史學家將二二八事件寫成一份文字，他稱之爲記錄的話，他就得是一份事實的側寫，史學家當然可以加入自己的觀點或評論，對事件發生的因果始末提出自己的看法，甚至是質疑原始文件中的數據等，但不能因爲任何理由去更動「已知事實發生的客觀狀態」，比如捏造出不存在於已知事實中的人、事、物等。大家應該同意吧？

如果根據二二八事件，擷取其中某個片段加以改造、重製、摻加自己的創意、創造虛構的角色、甚至改變某個已知事實中的角色如蔣介石的個性，最後產生眞實與虛構穿插的東西，那叫作根據史實改編的「小說」。

小說，不是記錄。

小說可以眞眞假假混在一起搭架，但不管混了多少眞，它都是小說。它是創作。

所以「無米樂」是紀錄片。所以「翻滾吧！男孩！」是紀錄片。

所以「賽德克巴萊」是劇情電影。所以「翻滾吧！阿信！」是劇情電影。

所以「媽，親一下」是回憶記錄。所以《獵命師傳奇》是穿鑿附會歷史的小說。

有了這樣的前提（我希望是共識），我們繼續往下。

有些網友說，就算「拒菲便當文」是假的，故事的立意也是良善，所以還是值得鼓勵，那我們用一些例子來舉例好了，希望可以分析得更清楚。

以下假設A、B、C三人，都想透過網路文章傳達正面訊息，但都苦於自己沒有遭遇過什麼太奇特的事、或沒有做過很正面的事，於是他們決定透過「假造」的方式，去生產一個有影響力的「故事」出來。

故事1.

A跟大家說，A每個月都將一個月所得的一半捐出去救濟窮人，假日最大的休閒樂趣是扶老奶奶過馬路，每年夏天都會去墾丁，但不是去玩水，而是去撿海灘上各式各樣的垃圾。

但其實Ａ根本就沒捐錢，也沒扶過老奶奶，去墾丁是去看辣妹曬奶。

請問，Ａ的故事很正面，很陽光，但你覺得Ａ這樣ＯＫ嗎？

你會認爲Ａ的故事至少鼓勵大家要多做好事，所以這樣的小故事大道理還是很感人嗎？還是值得分享嗎？

在這個故事裡，Ａ甚至沒有採取貶抑任何人的作法，沒有傷害任何人，Ａ只是專注在自吹自擂，沒有傷害任何人。所以適用的成語是「沽名釣譽」吧？

故事2.

如果Ｂ想寫一個感人的故事去勸導大家不要歧視在台灣打工的菲律賓人，但苦於沒有發生實際的任何事情，Ｂ只好決定採取「創作」的形式，去無中生有一個都市寓言。所以Ｂ將自己當作主角，寫了以下故事。

Ｂ目睹了便當店老闆不僅不賣菲勞便當，還在言語上污辱菲勞，在精神上凌遲了那位菲勞超過一個小時，最後B毅然決然挺身而出，勇敢糾正了老闆，還貼心幫忙那位菲勞買了便當。

請問，B把自己當作英雄，只因爲想透過故事傳達善念，你能接受嗎？

請問，B醜化了一個便當店老闆，只因爲想透過故事傳達善念，你能接受嗎？

表面上這個便當店老闆是虛構的，無人受到傷害，但很遺憾，這個便當店老闆是台灣人，在此敏感時機，這個虛構故事醜化的是台灣商家的形象。你能接受嗎？

故事3.

C跟B一樣，想寫一個感人的故事去勸導大家不要歧視在台灣打工的菲律賓人，但苦於沒有發生實際的任何事情，C只好決定採取「創作」的形式，去無中生有一個都市寓言，於是C將自己當作旁觀者，寫了以下故事。

C目睹了便當店老闆不僅不賣菲勞便當，還在言語上污辱菲勞，在精神上凌遲了那位菲勞超過一個小時，正當C猶豫不覺是否該挺身而出時，某個排在她前面的虛構人物D，（身分可能是，小學生／家庭主婦／大學生／老人／上班族），忽然開口：「老闆！我覺得你這樣不對喔！」，勇敢糾正了老闆，還貼心幫忙那位菲勞買了便當，令C十分汗顏，也十分佩服。

請問，Ｃ沒有把自己當英雄，而是一個事件旁觀者，只因爲想透過故事傳達善念，你能接受嗎？

請問，Ｃ雖然沒有把自己當英雄，可還是醜化了一個便當店老闆，只因爲想透過故事傳達善念，你能接受嗎？

表面上這個便當店老闆是虛構的，無人受到傷害，但很遺憾，這個便當店老闆是台灣人，在此敏感時機，這個虛構故事醜化的是台灣商家的形象。你能接受嗎？

好，我的網誌當然是我的主觀世界。

妍希幫我開眼後，當晚我就得獎啦！

先不管大家怎麼想，也不管眞實世界裡的菲勞便當事件的底牌是怎樣，純粹就ＡＢＣ三個故事說說。

我個人是無法接受Ａ的第一個故事，我覺得很噁心。

我對Ｂ的第二個故事也很生氣，當英雄很好啊，關鍵時刻擁有道德勇氣很不容易，但在虛構的事件裡把自己形塑成英雄的心態很不可取。

我對C的故事觀感好很多，主要是C在故事裡的位置是一個旁觀者（甚至是一個怯懦的旁觀者），比較像眞的在推廣一個他理想中的善念，並不打算收獲別人對他的稱讚，可惜的是C拖了一個便當店老闆下水，還是犧牲了台灣形象。

我對A的建議是，想當英雄就當一個眞正的英雄吧，別花時間造自己的神。

我對B的建議是，出來道歉吧，不要用踐踏台灣的臉，去造自己的神。

我對C的建議是，出來道歉吧，還有如果妳一定要說這樣的故事，就把故事結尾改成，便當店老闆竟然被妳那位虛構的英雄D感動，感到羞愧，當場向那位菲勞致歉，並送了菲勞兩個便當，握手言好。所以妳的結論將會是，請大家不要欺負離鄉背井的菲勞，而且透過便當店老闆的即時反省，更證明了善念的傳遞可以改變一個人原本的惡念。

但終究是不要虛構比較好吧？

可以說眞話，爲什麼要唬爛呢？

當我們談論道德勇氣的議題時，一旦被發現作假的故事，不僅會完全失去力量，還會傷害曾經信任它的廣大人心。若我們逐漸意識到，如果連正直的善念都無法完全被信任，長久下去累積的集體不信任感，會對這個社會產生多大的傷害？

小花是不是超像周迅小時候呢？敲可愛的！

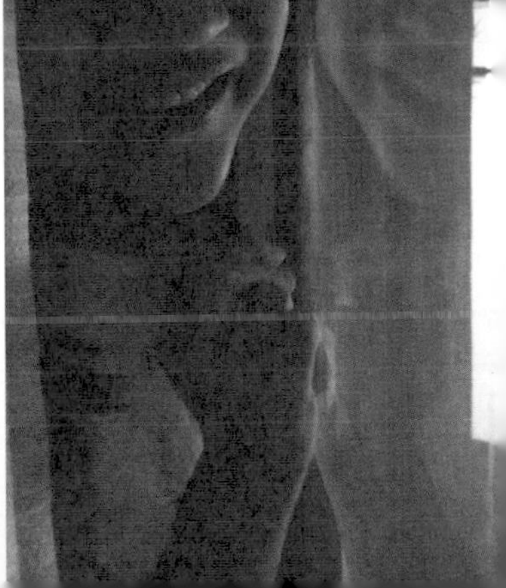

女孩的拳頭正好擊中鋼彈的老二。

鋼彈是女孩的愛。

想一想，當任何一篇新的善念小故事在網路上出現後，迅速就有一堆網友用諷刺的手法模仿、再生產雷同的善念小故事，去質疑，去削弱，去嘲諷原本可能是真的善念小故事，那是多麼可惜的一個發展。

喜歡虛構，喜歡編故事，就跟我一起寫小說吧。

這裡的世界很大，容納得下千奇百怪的寫法，以及各式各樣的創作者。

比如我，眾所皆知一個缺點很多的人。

2013.05.21

真假拒菲便當事件，我自己的記錄（似乎落幕了吧）

5/18

能夠讓人排隊等待一個小時的便當店，一定很好吃，但如果是被酸、被亂罵、被拒賣，苦主竟然還甘願繼續等待一個小時的便當店，幹一定是超級好吃！這麼好吃！怎麼可以不讓很多人吃到呢幹！如果那間便當店站出來承認他就是便當姊指稱的那間便當店，我連續七天買一百個待位便當（共七百個）給餓肚子的街友免費領去嗑！

5/18

我不能接受「就算文章是假的，但意義是正面的，所以還是好事一件」的抹飾說詞。我還是那一句老話：「正因爲號召行善，你得比所有人都正直！」順便附上舊文一篇。

5/19

我寫《獵20》寫到早上七點才睡，剛剛因便當事件受訪，痛不欲生爬起床，果然是因果報應。

我要說的是，便當事件完全不排除是我判斷錯誤，不過要是我判斷錯誤，事情也很簡單，就是智障的我出糗認錯，立馬請街友吃七百個便當。我很樂意。

反之，如果是便當姊唬爛（不管是唬爛那位菲勞徘徊的時間，或是根本就是捏造了整件事情），我覺得便當姊不要小看台灣社會「願意原諒一個勇於認錯的人的善意」，只要妳真心道歉，大家就會原諒啊。台灣社會就是常常在原諒人，大家器量都很大。

又如果事情是真，便當店老闆出面，認真向菲勞道歉，大家也會給予你肯定，老實說，台灣社會就是這麼憨直，這麼可愛。

所以這件事最好的結果就是——我錯了，真的有那麼一間好吃到菲勞寧可被羞辱得那麼嚴重、羞辱長達一個多小時也一定要買到的「神之便當店」，然後我出糗認錯，馬上貢獻街友有七百個便當吃，也很好。話說我常常出糗就是了哈哈哈！

反正立報記者張正號稱知道事情真相，比起智障的我，張正顯然有採訪價值多了。

5/19

寫了〈從「記錄與創作」故事的角度，看便當姊事件〉這一篇網誌。

先來一段葉問的問手。

再來一段我的戰鬥起手。

5/20（回應董小姐友人說找不到我）

我號稱史上最容易被隨便找到的作家，可不是浪得虛名啊！十幾年來信箱資料也一直是公開的呀，就算是ptt裡的信箱也是人人可寄，也不知道私下幫ptt網友簽了多少本書寫過多少次客製化的生日快樂了，只差沒被警察叫去幫忙破一下連環殺人案……

5/20

徵！ptt八卦板派十個口風和XX一樣緊、廣受信任、意志堅定但俠骨柔情的鄉民代表（神父要來嗎？），和我一起接受董便當小姐的面對面解釋，並一起去試吃神之便當店求證，如果事件屬實，基於愛與勇氣，我們十一人一起為神之便當店保密，我另外找一間我幾乎每兩天吃一次的便當店發七百個便當請客，但如果事件研判不實，我們會試試鼓勵董小姐出面致歉。所以就等董小姐聯絡我惹！

5/20

剛剛我已經跟董便當小姐的友人溝通過了，起初董小姐只願跟我一個人講（謝謝她的信任），但我經年累月在ptt被罵被酸，完全無法代表ptt或是任何網友，而且我很軟弱，一旦發生女生大哭的場面我一定會棄守，所以一定要由「不是我決定的ptt鄉民代表」十位，擁有比我堅定百倍的心靈力量，跟我一起去跟董小姐面對面聽她解釋來龍去脈，並加以求證，一起去吃便當是基本行程。

我強調，如果董小姐描述的事件為真，她很有勇氣糾正老闆，而且還有一顆溫柔的心保護據說嚇到快要下跪的老闆，如果是這樣，那就很偉大了，我不僅會請吃便當，還會用我所有的力量為她保密，不管是哪個記者逼供我都會說便當真的很好吃來混過去——這也是那ptt便當調查團十人的最基本要件，保密能力。

所以ptt八卦版自行選出來的代表，一定要在如果事件為真，而老闆死都不願意出來說明時，依舊願意保密，才能一起去打王，不然就留在協專幫帕里斯通打掃辦公室。

當然事後調查團也要在網路上說明調查與求證的經過，讓事情結束在我請吃七百個便當的超出糗狀態上——我每兩天就去吃一次的便當店在永和，很好吃，大家不會吃虧的。

但如果事件爲假，或事件裡有胡亂加油添醋的成分，嗯，我們就一起說服董小姐出來道歉吧，畢竟這也是她本來就該做的事。

現在我就是在等董小姐的回應了，如果她還是只願意跟我說，那我不會去，因爲我得到的「眞相」鄉民也不會相信，某種程度也不該相信，我說了我很軟弱。

所以那個那個那個……ptt八卦版的大家啊，快點選出十個願意保密又有廣大信任基礎的代表吧，不要叫我選啊，我只會選伊湄跟比爾陳的阿嬤。

很酷的大合照。

5/21

你可以選擇冷眼旁觀，也可選擇接近眞相，你可以取笑此舉譁眾取寵，也可以跟我一起解決問題。

我先重申，此次ptt十人便當調查團的宗旨（我開的團，宗旨就讓我定吧）。

以下宗旨。

如果此事經ptt十人共同鑑定是假，鑑於董小姐鼓起勇氣接受調查，我個人會鼓勵她出面道歉，至於ptt十人有什麼想法，我則無法控制，也無權控制，但我

我們最近在玩jojo格鬥。

希望ptt十人一起協助此事朝正面落幕。

如果此事經ptt十人共同鑑定爲眞，董小姐則不僅勇敢，而且心地溫柔，本持著莫老五流鼻涕說話的獵人精神，這個不能說的秘密就交給我們十一人保管了，此後所有質疑與背箭就交給我們十一人，董小姐不必再承受網友指責的壓力，也不必再害怕便當店老闆強迫曝光（老闆若願意站出來說明則例外）。此外，所有願意相信我們調查結果的祭品文，將會史無前例發放出超巨量的雞排、珍奶、章魚丸子與便當，我個人也會貢獻七百個我常常吃的超好吃便當，有事沒事就被鄉民拿出來糗（雖然現在已經是了）。

以下報名規則。

我覺得我沒特別說明選擇方式的話，無人主持，ptt好像一時半刻選不出代表來，所以我直接說一下十人的選擇方式好了。如果以下選舉方式不符版規（我沒研究版規）我就不知道該怎麼辦了。我是很希望ptt八卦版可以幫助此事成局，因爲此調查團不以戰鬥爲目的，我希望結局可以很溫馨。

1. 報名時間，從今天中午12:00到晚上12:00，於ptt八卦版公開競選，報名條件不拘，有ptt帳號即可。

2. 願意保密，並主動報名。

理由：德高望重者，不一定想蹚此事渾水，也不見得對自己的守密意志力有把握，所以不採推選制，採自願制。

3. 報名者，需有隨時參與一天調查的覺悟。

理由：我不知道董小姐什麼時候有空，所以連我都要待命。如果有上班族或學生想參與調查，就要配合董小姐的時間。

4. 報名文，必經ptt八卦版版眾推爆。

理由：調查團要代表ptt，所以當然要大家多數同意。不管自願調查者是否採取祭品文賄選也無所謂，畢竟不見得每一種賄選方式都會被鄉民認可，不認同其賄選方式或資格者，大可噓文不讓該報名文推爆，也是民意的一部分。

5. 若至今晚12:00，總計有超過十篇報名文被推爆，則以推文者最多的前十強爲勝，不以最快推爆者勝。我會用page down下去數，很科學。所以只是快沒有用，大家都知道貴在持久。

6. 經鄉民認證的十人調查團，一經獲選，其資格不得轉讓，即便事後因種種理由主動放棄，其獲選資格也不會消滅，所以有可能會出現調查團不滿十人的情況。

董小姐把秘密放在ONE PIECE了。

你是跑錯漫畫的獵人吧？

是的話，就跟我一起去把秘密吞進去吧！

持續記錄。

5/21 背景：董小姐出面認錯，承認此事是「聽來的」

董小姐出來認錯了，說她只是「聽來的」，卻把自己當作主角寫成一個大英雄，所以應該是不用開便當團了，晚點來寫東西。所以董小姐是以下網誌裡分析的故事2，雖然我還是不相信那個所謂聽來的故事sorry，我認爲是子虛烏有。

目前我覺得應該給董小姐一個願意認錯的鼓勵，不需要再多爲難她吧，台灣社會就是很溫馨啊。

只是董小姐的朋友高小姐，昨天晚上妳跟我在臉書上面聊了那麼久（基於道德我不能轉貼對話，但可以誠實轉述以下），我問高小姐，妳之所以願意幫董小姐跟我聯繫見面解釋的事，妳是擔心朋友壓力太大呢？還是眞的認爲妳的朋友眞有其事？高小姐說，她的朋友董小姐還眞的帶她去看便當店老闆本人，老闆的確很崩潰很後悔，還貼笑臉說我一定輸、準備請吃便當吧，我也回應說希望如此囉。

現在看起來，高小姐妳就是在唬爛我啊，妳就是在說謊啊，妳想用這個假裝眼見爲憑的超級唬爛，試著在最後關頭把我嚇到縮回去不敢組ptt便當團（……有這種可能嗎？），妳完全辜負我想幫忙保存秘密的好意耶，我眞的很失望。

雖然我沒輸，不過便當還是可以請，很ＯＫ的，最近找一天我來問問我每兩天就會去吃一次的魯肉飯店，問他們願不願意配合我，連續七天準備一百個超好吃的待位便當，一共七百個，不限弱勢街友，大家都可以來吃一頓飽吧，讓這個事件有一個溫暖的結束。

在路上遇到一對很可愛的情侶。

5/21

董小姐假便當事件，我看到另一個角度。

那就是，每個人都很想成爲英雄，每個人都想被稱讚，我想這就是董小姐貼文裡用自己當英雄主角的初衷吧，當然了，這個貼文後續所引起的菲國抹黑副作用，每個台灣

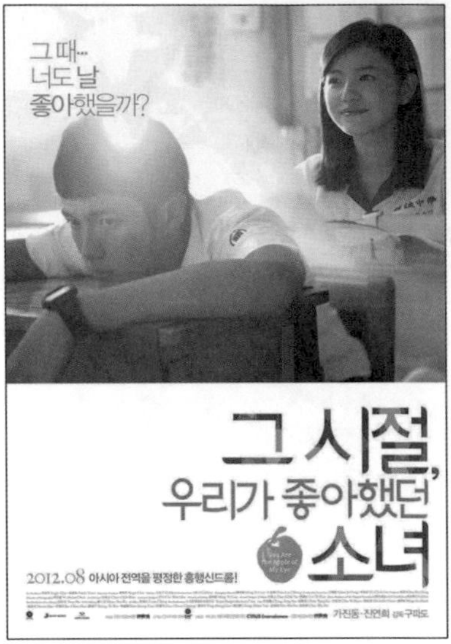

韓國版本的那些年海報

人都很反彈，也是董小姐的始料未及。

其實要成爲英雄很簡單，假日去流浪動物收容中心幫狗狗洗澡、帶狗狗散步，就是英雄。沒有錢沒關係，利用餘暇時間幫忙收集物資，送給需要的育幼院，就是英雄。免費當功課不好的鄰家小弟的家教，送飯給獨居老人順便跟他聊天，在醫院幫忙病人家屬推輪椅，去海邊沙灘撿玻璃渣渣免得傷人，都是英雄。

只要有心，人人都能夠成爲眞的英雄。

我也會努力。

5/21

有件事還是要說給半途才關心的人聽。

董小姐的個資被網友人肉出來，抱歉跟我一點關係都沒有，在我貼文賭便當的好幾天前就曝光了（保安！個資可以一直曝光！一直曝光！一直曝光嗎！），那時她也早就辭職了好幾天，網路上質疑文早已滿天飛。我很忙，又智障，這件事算是後知後覺，只是我說的話媒體跟網友比較會注意而已，不然我整天轉貼流浪狗認養文是要做什麼。

以上我只想強調這一點，其餘的批評就來吧，一律承受，我本來就是一個缺點很多的人，更糟糕的是大部分的缺點我都改不了，我個性上的缺陷都是我人生的重要裂痕，打算一起帶進墳墓。就這樣啦，大家等我熱騰騰的七百個魯肉便當。

眞相只有一個。

人性，卻是千變萬化。

5/22

昨晚關機睡覺，醒來時各式各樣的未接來電共22通，還有一些記者的簡訊，應該都是要問便當事件的後續，嗯啊不過好像沒有我的事了耶（還剩牧師嗎？），對我來說這件事只剩下一件事屬於我微弱的守備範圍，那就是今天稍晚我會去問我常常去吃的魯肉飯，願不願意配合我的七百個待位便當活動啦，如果店家嫌麻煩我就再找別間，等確定了我會將時間地點貼在網路上，讓附近的街坊鄰居大叔大嬸鄉民街友連吃七天，所以今天我就不受訪了啦謝

謝，寫《獵命師20》去~~~

5/22

一個社會事件到了最後，常常會出現一些諸如「XXX的錯，你我都推了一把」的超級道德魔人言論，簡單說就是要大家陪著犯錯的人手拉手一起反省。或是出現「拜託！這個社會還有更重要的問題要解決好嗎！」這類要你去做總統、去做行政院長該做的事的奇怪激勵文（是激勵文嗎？）。

對我來說，事情就是很簡單啊，就是去實踐。去實踐你相信的價值，自己想辦法去爭取你認爲值得的正義，所以我會去國光石化靜坐，所以我會幫忙流浪狗的拍片救援計畫。

我的格局小，位置低，又智障，畢竟我又不是馬英九，馬英九稍微硬一點就可以派紀德艦去公海實彈軍演，我再怎麼硬都派遣不了小小的一艘橡皮艇去公海釣魚。菲律賓事件裡我只能幫忙轉貼英文版的船身彈孔照片（這時我的海外讀者就發揮了強大的義氣啦！謝謝馬來西亞、新加坡跟香港的大家幫忙轉貼），最後，我覺得董便當事件很唬爛很假，我就想辦法在ptt裡組團打怪，用我能力所及的方法把事情弄清楚，就是這麼簡單而已，畢竟我不是內政部部長李鴻源，可以用警力去處理同樣的問題。

你想關心的事就用身體跟意志力去實踐，當年你反國光石化，當初就該去靜坐去遊行去抗議，加入吳晟老師的行列。你反核就該去中正紀念堂前參加長期反核集會，加入小野老師與柯一正導演的陣營。你反媒體壟斷你當初就應該去NCC前面，跟陳爲廷共同大聲疾呼，一起被罵沒禮貌。

每個人都有自己相信的東西，理念一致，我們並肩作戰，即使理念不同，我也不會嘲笑屁股離開椅子的人。

所有的事都不要只是在臉書上按個分享，就覺得實踐了你的正義，那是一個強化某種集體力量的起點，卻不是正義本身。

當然了，自己犯錯自己站好，不要想拉別人一起罰站。社會大眾很善良很包容，總是可以原諒很多人很多狀況甚至原諒同一個人很多次，但如果一個人犯錯，老是要拖社會大眾跟你一起痛定思痛反省這一切，那就太厚臉皮了吧。

2013.05.22

5/24開始請客，七百便當吃飽飽，歡迎大家來吃

是的，雖然假拒菲便當快要落幕了，我也離輸很遠，但事件有個溫暖的結束點還是很重要。所以啦，我決定還是請客。

我想跟大家分享我幾乎每兩天就會吃一次的玖玖燉品屋，位於中和的安平路一八五或一八三號（在阿榮肉粥旁邊，靠近安樂路與安平路的過渡點），在四號公園對面，我很喜歡吃，湯也很好喝。

由於我今天中午才跟老闆說了這件事，老闆的人力準備不及，無法每天應付一百個便當，所以改成每天五十個便當但請足十四天，所以還是七百個待位便當，從後天開始請客。

規則方面，因爲不想造成老闆的困擾，所以以下方式是老闆覺得自己可以應付得來，又能夠保持好品質的速度。

規則如下：

時間，五月二十四日至六月十八日，逢週二店公休，共十四天，足七百份便當。

每天50個待位便當，亦即中午25個，晚上25個。

可內用，可外帶，一個人限一個，同一天請勿重複排隊，分享的精神嘛好嗎。

一旦限弱勢的話令人卻步，也反而讓弱勢者不好意思來拿，所以完全不限資格，肚子餓了就來排隊吧。

我們會準備可以撕下來的倒數數字的紙板，讓排隊的人知道還有幾個免費便當可以吃，記得看清楚，沒有排到不要龜藍趴火，很好吃的，花錢吃也值得。

該店最貴的便當是魯排便當，八十元，很OK的，大家儘管點，但是魯排需要時間，

貢獻一下我常常吃的店。（照片提供／CYM）

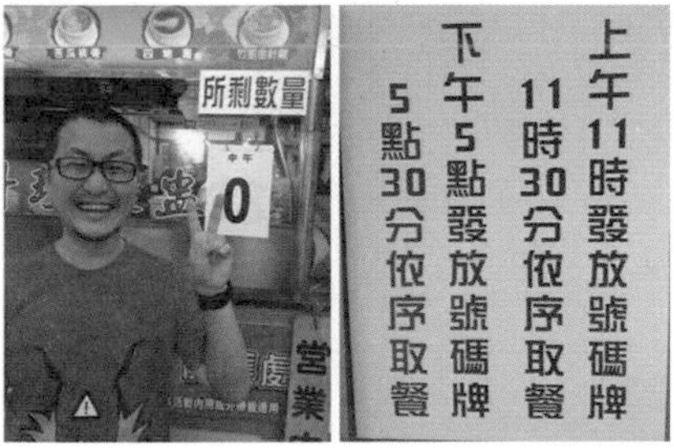

準備的量也可能不夠，所以大家可以改成八十元內任點，一碗魯肉飯或雞肉飯搭配各式小菜或湯（魚丸湯好喝喔），總額稍微超過一點，照請別擔心。

這裡請大家見諒，老闆無法按照我原先的要求，一天一百個便當，改成了一天五十個，而且還分中午跟晚上各25個，雖然是我請客，但老闆也要合作開心才算圓滿，是吧？

住永和中和的人有吃過這間店都知道，老闆屬於有點龜毛的類型，這間店也不是開在商業區賣上班族大量便當的那種超級神速便當店，常常就只有老闆跟老闆娘兩個人、加一個伙計就開店了，所以囉，我覺得好吃比較重要，不要因爲我的智障讓老闆兩人忙到焦頭爛額也很重要，我以後還想去吃這間店好嗎。

最後，希望大家吃便當吃得開開心心，吃飽一點，回家才有力氣玩火車便當喔。

待用便當開始發放了，希望大家一起推廣這個概念喔喔喔

2013.05.24

今天中午的待用便當發完了喔，晚上五點開始發放新的25個號碼牌。

今天最開心的是，老闆說昨天晚上有人加碼了一千元買待位便當，今天中午又有一個年輕人（據說是消防隊）響應這個活動，當場加碼捐了一千元給「待用便當」這個概念，我覺得這眞是太棒啦，不過他不是正妹所以我就忘了跟他合照了sorry～～～

其實「待用ＸＸ」這個概念在台灣還很新，有待宣傳，如果可以透過這個活動被更多人認識這個分享的概念、以及讓更多熱心不怕麻煩的店家一起響應的話，這個社會就會更溫暖啦。

如果有要繼續響應這個概念的話，請不要透過我（因爲你不是贊助我）直接跟老闆聯繫，讓老闆自己統計跟發放，這樣才會比較有效率喔喔喔喔！

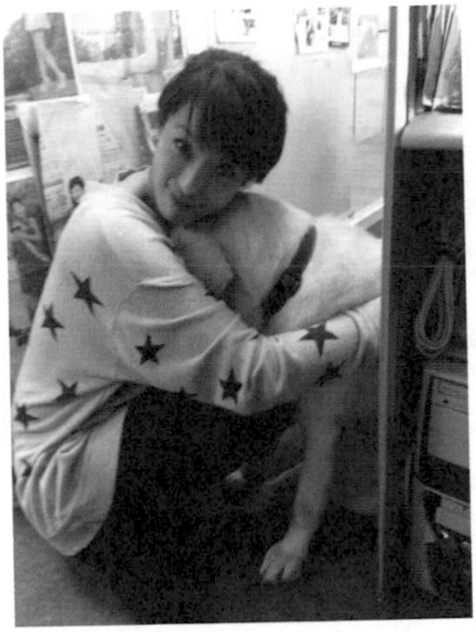
雅妍抱著柯魯咪。

嚴厲批判一個人並無法樹立榜樣，善意的行動才有不斷傳遞下去的力量。智障的我也從中學到了一課（學到一課系列）。

最後強調，我不是正義使者，不要這樣期待我，我會認眞逃跑的。

ps:我一直把待用便當，寫成待位便當，眞的是很糟糕。

要照顧一個人的胃，也要照顧一個人的自尊心啊

2013.05.24

看到一些人老是叫我便當要發給有需要的人，這件事才有意義，嗯，是很好啦，是很有意義啦，不過實際做起來，是要憑低收入戶證明才能領便當呢？還是要檢查健保重大傷殘卡才能吃便當呢？還是要里長簽名背書證明此人有吃便當的需要呢？

是的，要沽名釣譽的話就來認眞強調「請把便當留給眞正需要的人」，但眞正這麼做的話，你覺得會有多少所謂有眞正需要的人來領便當呢？

太麻煩了吧，而且會造成在排隊時形成一種「我正在領補助」的奇怪氣氛。

只是請吃個便當，不用看成正義的實踐之類的嚴肅命題。

對我來說，肚子餓的人，就是有需要的人。

而且這件事要連做14天，消息出去了，附近

好想跳起來吃麵的柯魯咪。

兩頭少女。

比較弱勢的人從新聞上看到消息了，就曉得有這個便當可以吃了，用快樂吃一頓的心情去排隊，比用「我正在受幫助」的心情去排隊，要輕鬆自然多了。

要照顧一個人的胃，也要照顧一個人的自尊心啊。

我不是便當王謝謝

2013.05.25

我眞的不想成爲便當王，所以這一篇文章請記者自行拍攝或摘錄，天氣那麼熱，眞的要出門的話我也想去遛狗，不想出去受訪啦謝謝。以下不想考驗大家的閱讀能力，所以按步驟條列。

1.

首先，幾個月前有一篇在網路上流傳的「有歹徒在社區隨機擄走小孩」的文章，後來造成許多父母人心惶惶，警方介入查出是謠言，當時我沒聽見有什麼反對警察調查網路謠言的言論，很多人在網路上的反應是大大鬆了一口氣，並感謝警察查證。（當然了，我也反對警察一度把只是轉貼文章的陳爲廷列入被告，因爲他只是轉貼而不是謠言的起點！）

→所以，我們可以同意，某種情況下警察應該介入網路謠言的調查，用公權力釐清眞相，安定人心。（請回想十多年前小孩被拐賣去斷手斷腳去天橋行乞、或小孩被壞人抓去殺掉做成藥粉的假新聞，其效應之巨大，其社會之恐慌）

我家藥局，我那開心的媽媽。

↓雖然，我們同意警察在某些情況下可以用公權力釐清眞相，但不代表我們也認同，在任何情況下警察都可以介入網路事件的調查，因爲公權力的確不該無限擴張。

但我不是法官也不是警察，這條執法的線應該畫到哪裡是爲百姓求正義，畫到哪裡卻是白色恐怖，不該問我喔。

2.

我個人在網路上質疑董小姐的便當文，是我個人的個性射程。

後來，由於「董小姐透過友人高小姐，表示想跟我接觸」的主動意思，我個人才決定，在ptt邀約網友組團一起聽秘密。所以不是我眞的很雞婆到要管到這麼多，而是根本被董小姐點名想找我！我是被事主董小姐邀約，有機會接觸第一手的眞相，才決定脫離「只是打賭她是唬爛」的範圍，進入調查的步驟。

↓以上都不涉及任何公部門與任何公權力，只牽涉到媒體的好奇心。

3\. 問我的話，我是認爲，此事在網路發生，在網路發酵，在網路受質疑，所以如果可以在網路上得到解決，應該是最單純的情況。有時候我們不是想懲罰什麼或給什麼制裁，而是想——得到眞相。

我重複喔，如果事件是眞，則我與ptt十人眾調查團保管秘密，事件以「董小姐不僅勇敢且溫柔」結束，董小姐可以頂天立地活下去，如果便當店地點外洩，那也是我們的錯，不是她的。但如果事件是假，調查團勢必公布此事是謠言的結論，我個人會鼓勵董小姐勇敢認錯，但我管不到ptt十人眾的想法，我們只是一起調查，增加確認此事的總合智商量，以及調查團具備的網路公信力。

4\. 有時候網路公信力是明顯大過於公部門的，看看那精美的林益世案，法官的見解跟網路社會截然不同，所以我們也不會盲目爲變來變去的公權力叫好，謝謝。

5\. 有些店家掛出拒賣菲律賓人的招牌，這種事當然是錯的，但這種事大家都知道很明顯

喜歡一起出去走走。

是錯的，我還沒看過有人爲店家的行爲拍手叫好或辯護，店家這種毫無疑問的錯誤作法，根本沒有須要網路公民社會去組團調查吧？

如果內政部覺得有必要對那些店家做任何事，那內政部就去做，媒體不應該來問我這種層次的問題啦，我又沒有領內政部部長的薪水吼吼吼。

嚴厲批判一個人並無法樹立榜樣，善意的行動才有不斷傳遞下去的力量。這也是我用請大家吃便當作爲結束的原因。

6.

我對政大教授的見解沒有興趣，我是被許多記者的電話一直魯小小，叫我出來評論給亂到沒有辦法，才決定寫這一篇封印我的守備範圍。我想成爲故事之王，不是便當王，然後我要去寫義經跟弁慶並肩作戰殺敗獵命師聯軍了。

——以下補充——

的確，我覺得那個政大教授講得有一點點道理啦，就是他點出引起憤怒並不等於引起恐慌，這一點講得還不錯，不過ＦＢ有網友提出，台灣人民的確是不爽、猜忌、質疑等等，但在台灣的菲勞也的確因爲這個網路謠言而陷入恐慌（尤其透過菲律賓媒體的抹黑放大），開始對台灣社會對待他們的方式產生想像中的恐懼，這點應該也是毫無疑問才對。

所以囉，或許癥結點就在於，公部門對「離鄉背井在台灣工作的菲勞是否屬於台灣社會的一部分」的認定吧，把這個問題丟還給政大教授的話，不知道政大教授，或大家，或台灣公部門覺不覺得「離鄉背井在台灣工作的菲勞是否屬於台灣社會的一部分」呢？

我自己的答案是——當然！因爲我們早就將在台工作的外籍人士納入健保體系裡了，制度上我們這麼友善，應該可以說大家都是台灣社會的一員吧，我們應該保護在台灣工作的所有外勞不是嗎？

大家繼續討論吧，我覺得這些討論可能越來越有意思。

好難得看見貯金戰士的公仔。

有些未來，連一步都不能接近

2013.06.01

我沒看過任何討論，我用淺顯易懂的直覺分析法來說明好了。

有錯請指正，歡迎討論。

首先，我覺得這件事有四大關係人。

第一個，是閱讀者（資訊接受者）；另一個，是創作者（資訊生產者）；第三個，是資訊分享平台，亦即各大網站；第四個，是資訊管理者，在此指智慧局。

以上的分類，應該還可以接受吧？

智慧局封網的說法，顯然是要保障創作者的權利，而非保障資訊分享平台有分享資訊的權利，不過，也非保障閱讀者的權利喔！

對閱讀者來說，他的權利顯然就是閱讀所有的資訊（最佳的權利當然也包含了不付費爽爽閱讀有版權須付費的創作物。），資訊有沒有價值，應該由閱讀者自行判斷，而非資訊管理者介入，只要有任何他原本可以看到的資訊遭到截斷，閱讀者就會不爽。

我也是一個閱讀者，是的我也不爽。

不過以上可以不討論，因爲我完全不覺得智慧局封網的作法是在保障閱讀者的權益，也沒有人是這樣覺得的吧。

不過我同時也是一個創作者，我生產資訊，我擁有70本書的版權，以及部分擁有上百本漫畫的改編物版權，以及一部電影短片and一部電影長片的版權，也快擁有一個線上遊戲的部分版權，應該算得上是版權大戶了。

那我有沒有覺得政府智慧局號稱要保護創作者版權的作法，有保障到我的權益呢？

我的答案是，沒有。

……台灣的閱讀者看不到該網站，其他地區的閱讀者還是可以看到該網站啊。

難道其他地區的閱讀者侵犯我的權益，就不算侵犯權益了嗎？

政府應該幫忙的是，以政府的高度幫助創作者捍衛版權，例如與資訊分享平台談判更有效率地讓盜版下架。

以我當例子。（現在我拿youtube當例子，但我知道youtube目前還不在封網的名單上。我只是想讓沒有研究此事的大家更清楚其間邏輯。）

以前我向youtube提出下架電影的盜版影片「那些年，我們一起追的女孩」，一個禮拜之後盜版影片還在！因爲youtube官方宣稱它有自己的版權確認機制（包括確認我是否是版權擁有者），這個確認機制很冗長，冗長到被我指控的盜版影片下架了，但在這段期間被複製、被重新上傳到網路上的孿生版本的盜版影片，又再一次上了youtube，而且數目更多，根本檢舉不完。

能做什麼？就是重新再檢舉一次，繁複的流程再來一遍。

爲了愛與勇氣，我們也想過辦法走捷徑，當初我們與台灣google總部直接聯繫，用懇切的語氣表達我們就是版權擁有者無誤也完全沒有加快其底下youtube公司審核我九把刀、小說原著、編劇、導演、投資人、製片公司就是電影版權擁有者資格的速度，它就是自己運作自己的，一樣超級慢，讓我很感嘆，原來這就是號稱注重版權、愛護智慧財產權的西方世界大公司的處理態度。

youtube讓我的作品受到侵犯，我很生氣，但那是一回事。

即便如此，我還是，不喜歡，政府可能因此封掉youtube。

況且那也不是一個有效的辦法，更可能預示了一種資訊控制的可悲未來，而那個可悲未來也不是太神祕的畫面，這個可悲未來即使遙遠，但你踏出一步，就代表你正在接近它，與它越來越近。

我這麼說，不代表政府沒有事做。

政府當然有事可以做。比如說，youtube的版權確認的審核速度很慢很慢有夠慢，這是我認爲政府可以幫忙台灣的創作者協助談判的角度，請youtube加快審核的速度等等。

政府可以當台灣版權確認的中介者，算是幫創作者進行一個版權擁有的身分確認，讓我

下午最喜歡到四號公園。

我喜歡偶爾一次的演講節奏。

們創作者可以迅速被認證，被認證者就可以請資訊分享平台神速通過我們下架盜版的申請。之類的。

總之政府帶頭封網，這種作法「很笨」，這已經是好聽的用詞了。

我希望以後的發展不要用到「邪惡」兩個字。

以上只是我個人的看法。

我不代表其他作家、導演、漫畫家、作詞作曲家、音樂公司、電視公司、電影公司、出版社、遊戲公司。

我只代表我自己，不能代表所有創作者畢竟，我跟我的出版社，可是一起弄出「眞九把刀大全集」APP、免費、無廣告、永久更新，讓所有人在手機上看我52本書的創作者，我不覺得這種瘋狂分享的精神病態度可以涵蓋所有創作人啊！

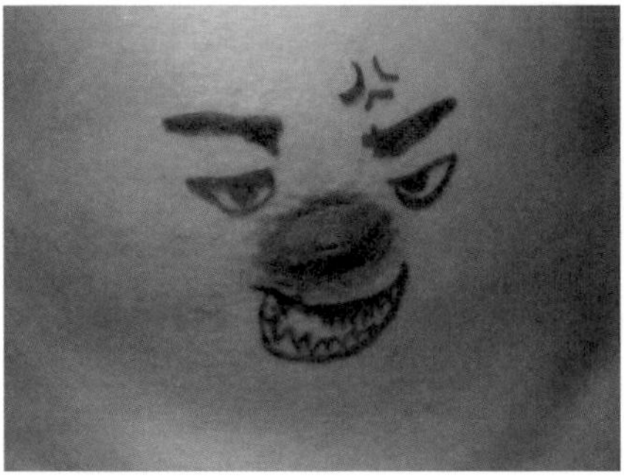

憤怒的奶頭。

便當最後召集，六月八日，一九八八個便當大放送！

2013.06.07

直接破題！我的待用便當請客活動，即將在六月八日那一天結束，這幾天便當店老闆陸陸續續收下了不少大家的小額捐款，不管大家願不願意留下個人資料老闆都做了詳細的金額記錄，謝謝你們願意支持這個活動的概念，也願意相信這個老闆的正直，所以囉，老闆跟我討論過後做出一個最後活動日的特別內容確認，亦即，之前是我請大家吃飯，現在，則是大家請大家吃飯，讓本活動更有意義地結束。

剛剛我也逐一打電話給每一個願意留下電話的捐款人，徵詢了他們的捐款使用方式的同意，也謝謝所有捐款人的支持。

以下規則：

1. 六月八日當天，中午99個待用便當，晚上99個待用便當。
2. 每個便當一百元以內任選搭配。
3. 之前常常來吃便當的超級常客，請在最後一天把機會留給其他人喔。
4. 活動進行的細節一切由老闆靈活決定。

便當店是「玖玖燉品屋」位於中和的安平路185或183號（在阿榮肉粥旁邊，靠近安樂路與安平路的過渡點）在四號公園對面，我很喜歡吃，湯也很好喝。

其實從這個活動裡，我不僅看見了大家的愛，但也重新認識了一遍很理所當然的後續發展，有好的，有怪的，有溫暖的，有現實的，有博愛，有自私，有信任，也有質疑，但都是人性。

有時候人就是太聰明，所以當然會很多人用很多小聰明去鑽活動的漏洞，佔佔便宜也高

興之類的。

可是，我又怎麼會是笨蛋呢？

偏偏最正直的事通常都用不到聰明，而是憑藉一股天真愚直的傻勁，不是嗎？

常常，我只是覺得用笨蛋做事的方法，就是接近用「心」了。

我的大請客結束了，但我希望待用便當的概念才正要開始，便當店老闆似乎也有自己延續待用便當的未來作法，就讓老闆自己用海報來說明他的戰鬥之道吧。

我想未來一定會有更多的餐飲響應這樣的活動，前面加後面，我加上大家，這才是最有意義的，完整的便當故事。

在窗戶下寫小說應該是很不錯吼。

2013.07.07

我不相信我們政府的道德節制力，我反對新電信法第九條

我日夜顛倒，《獵命師》寫到今天早上十點才去睡，起床尿尿發現手機裡一大堆記者要訪問我這一題，很好，我可以洗把臉回答完這重要的一題再去睡回籠覺。

我的讀者許多都很年輕，大家除了點選以下的新聞來看，容我更簡單地解釋一下。

之前的智慧局要封鎖國外非法的網站，用的理由，是保障智慧財產權，亦即要保障的對象是「一種財產權，是私權」，而不是比較神聖的保障閱讀者「知的權利」，所以這一題坦白說應該由智慧局號稱要保護的「版權擁有者」來回答，所謂我們這些「版權擁有者」是否有感覺到我們的版權有因爲該法案而得到保障。

——我自己的答案是，沒有。

所以我並不支持該法案。

我也提出政府可以支援的方式，但政府顯然覺得很麻煩吧。

現在，NCC這個電信法修法，要強制管理「所有非法的資訊」在網路上流傳，公部門

有權力強制下架「所有非法的資訊」，不讓大家有「閱讀非法資訊的權利」。

好，所以這次的問題，就應該由大家來回答了，所以每個人都要開始動腦筋。

從最極端的例子，講起如果有兒童被強制猥褻的爛照片、或兒童被殺害肢解分屍的爛照片在網路上流傳，我們當然同意政府要強制刪除那種髒東西，而且這種事以前政府就有在做

比智財封網還糟糕
新電信法第九條
Error 451

行政封網剛被推倒
電信法卻仍在偷跑
行政院

媒體不報導、網路靜悄悄
誰聽過草案修訂第九條？
T9
TELECOM ACT

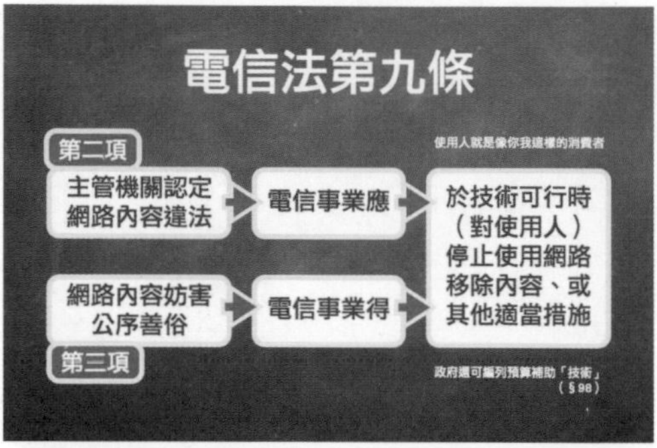

了不是嗎，我們也沒有跳出來主張我們對那種髒東西有所謂「知的權利」。

BUT！最值得懷疑的就是這個BUT！

BUT政府現在忽然要大張旗鼓立法，全面擴權管制網路資訊，我們的感覺是什麼？

如果我們的政府，是一個道德智商高的政府，我會選擇相信這樣的政府擁有高度節制其權利慾望的智慧，以及道德操守，我會願意相信這樣的立法是要保障大家不被所謂的「非法資訊」傷害到我們的生活。我就不會跳出來反對。老實說整天反對這個反對那個，時間是有沒有那麼多。

但，我們的政府，是一個會在立法院裡面偷偷審理法案好讓用公款吃喝花酒的特定權力人物神速開釋的政府、而且這個政府還會假裝事前一無所知、而且身涉其中的共犯立法委員還會假裝自己其實也是被騙，就是這樣的政府。

我們的政府，是一個假裝是否要續建核四交由社會公開理性討論、但實際上早就把替代能源當成丑角、決定要把核四蓋到底的政府。

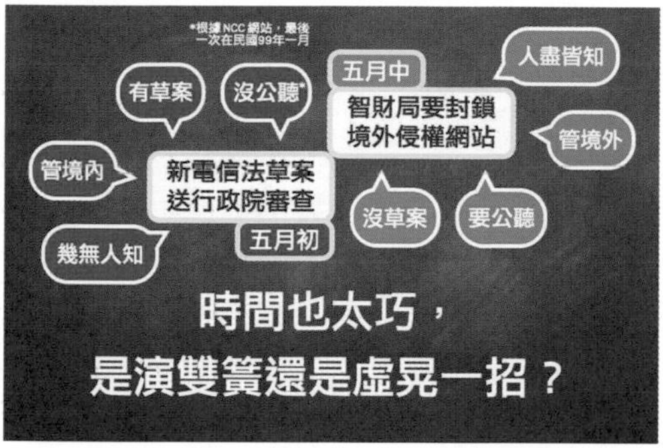

我們的政府，是一個假裝法院有司法獨立的神聖意志，因此神聖地宣布林益世神乎奇技沒有犯下貪污罪、而行賄林益世的污點證人卻吞下行賄官員罪行的政府。

我們的政府，是一個超努力保護財團的利益勝過保護市井小民利益的政府。

我們的政府，是一個口口聲聲告訴我們要相信它、但是卻一次次背叛人民信任的政府。

短短的歷史告訴我們，台灣沒有真正的反對黨，只有很髒的政客，跟沒有能力那麼髒只好暫時不那麼髒的假政治家。

如此我所認識的台灣政府，令我相信我們的政府會慢慢地、漸漸地、偷偷地將「非法資訊」擴張成「政府不喜歡的資

訊」。在未來，這個法案會演變成「思想篩選」的最邪惡法案。

不要跟我聊立法精神，假的！
我就是要談立法心態。心態！

我不相信政府。
我反對。

我生命裡的小小的大事，幸運又笨拙的勝利

2013.06.19

2013/06/08，約莫是早上09:36，我的人生發生了一件小小的大事，那就是我打了超過六個月甚至是七八個月以上的快打旋風，VEGA在最困難模式裡，終於幹掉將軍，全破了。

我記得以前我跟大家提過我一直破不了，一度還想找很會打的人幫我破，但想想這樣會少了……嗯，不是志氣，而是今天的感動喔～以下就想到哪寫到哪。

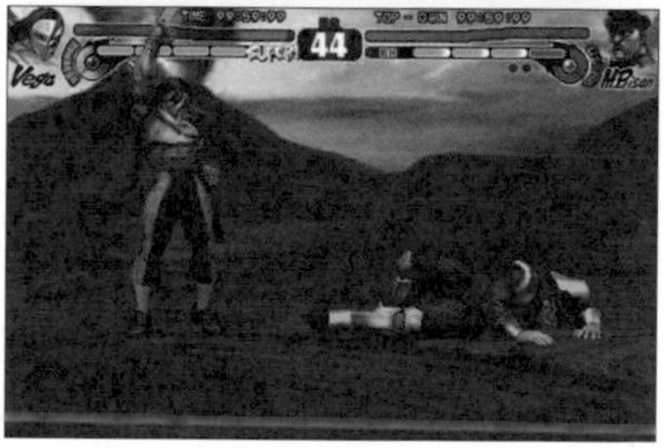

我是一個眞的很不會打電動的人，畢竟我的主修是打手槍，那個我就是超神的，打電動方面，我就連我最愛的星海都打得零零落落，虛空一波流用到底這樣，很廢物，只能拿來對付一直不知道我的虛空到底偷偷生在哪裡所以一直緊張死了不敢衝過來跟我換家的女孩。

總之手機裡的快打旋風這最後一關，一直破不了，我就是無聊時就拿起來打，睡前必打，大便必打，飛航模式必打，網路不通時必打，就這樣一直打打打打打打打，終於就，嗯，破了，破了耶，很忽然。

以前也不是沒有逼近勝利，在一比一後，都是差一點點，兩人的血量都很低，將軍就忽然滑壘過來幹了我一腳，把我幹死了。

今天卻是二比零直落勝，有點幸運的是，今天每一場勝都用到了最後的必殺，不然打到最後階段將軍的血都比我多一些，如果我只是跑過去踢、或飛來飛去，應該會撐輸將軍的超賤滑壘，結果必殺的時機用得有點巧合，就贏了。

第一場甚至就是直接必殺技勝，VEGA的必殺還華麗的吼。

第二場是必殺後，在對峙時，我往後翻滾，然後蹲好，將軍一走來，我就往前翻滾踢——以前也不是沒有這樣決勝負過，但以前就是死在沒踢中，將軍亂打我一下我就死了。但今天我就狗屎翻滾踢中了決定往前逛街的將軍。

勝利的當時我在大便，我還沒沖屁眼就站起來在客廳舉雙手走一圈了。

第一件事當然是打電話給女孩，跟她說這個驚天動地的好消息。

這次的勝利對我眞的好有意義喔，我是一個那麼容易放棄的人。

是的我眞的很容易放棄很多事，這點跟大家對我的刻板印象很不一樣吧，我只是有幾件正好絕對不想放棄也不能放棄的事，都被大家看見而已。

沒事了，我想我喜歡這樣的、有時有點彆扭的自己。

去一趟日本秋葉原的收穫。

2013.07.15

最近的失眠與打噴嚏劇本

抓到了，失眠的凶手。打噴嚏。

三點睡覺，六點自動醒來，醒來時我很懷疑剛剛都沒有睡，不甘心又繼續睡，腦中自動播放我在夢裡跟大頭和柴姊和Peter的討論，竟然在討論回憶戲要不要用黏土曠時攝影去說故事，我說太瞎了但美術說他做出來了，我只好看一下結果眞的很瞎，大頭一臉想死，我說好吧不然實際試拍讓黏土動動看說不定很有童趣很有創意這樣，結果實際動起來之後大家都很想死，我說幹阿就不要做黏土了啊搞這什麼智障拍法，美術馬上說但是經費不夠畫漫畫了只好用黏土，要不然他試著把黏土做得更好一點試試看好了，我說問題不是在黏土做的好不好看吧！大頭說至少不要顏色全部都灰灰的（小時候我捏黏土捏到最後顏色都只剩下一種，就是灰色），這時柴姊說，Peter又說，我忘了，反正我就醒來了，但我又沒有感覺到有眞的睡著。FUCK。

起司馬卡龍很罕見，是我的甜點最愛。

前一陣子我因爲淋巴腺腫大跑去看醫生，我跟醫生說我晚上都一直無法停止思考所以無法入眠，大概是因此抵抗力變差，醫生隨便問我要不要吃安眠藥，我還滿興奮的，因爲我從來都沒吃過安眠藥。在過去我一直是一個超會睡覺的人，我常常直條條躺在經紀公司人來人往的地板上就睡著了，這大概也是我爲什麼很忙卻總是可以一直做很多事的訣竅之一吧。但前一陣子我眞的很誇張就是一種奇特的興奮感讓我無法好好入眠，我一直都有慢跑的習慣，自從我的右腳韌帶斷掉後不太能跑，我就買一台橢圓踏步機在家裡一邊跑一邊看電影（前陣子就是一直看「冰與火之歌」），一次都跑一個小時以上，所以也滿認眞維持運動的，可睡不著就是睡不著。

總之醫生眞的給了我安眠藥，警告我吃了之後就要趕快躺在床上不然會有短暫的失憶，我還笑著回答那正好可以趁亂告白之類的。於是我就開始抱著體驗人生的想法吃了一陣子安眠藥。一開始只有吃半顆，哇靠那眞是好睡，給我連續四個小時快樂不中斷的睡眠，我很感激。然後很快就吃到了一顆。這時我就開始警覺了，我周遭有些人吃安眠藥都吃到沒有效，或吃到身體很依賴，我不想那樣，我只是想體驗一下，而且說眞的安眠藥幫助我那一段時間有不錯的睡眠品質，睡得多，睡得好，讓我耳下的淋巴腫確實消掉，功效也達到了，這樣好好睡覺兩個禮拜了，應該可以停止了吧，我的意志力不就是該用在這種時候嘛哈哈哈。

以前我有捨不得睡的毛病，就是晚上明明很累很想睡覺，但就是一直東摸摸西摸摸胡亂寫一點也爽，結果混過很想睡的關鍵時候，精神一來，就開始認眞寫東西，寫劇本，寫小說，研究東西，常常弄到天亮才睡。這樣不好，你知道，我知道，獨眼龍也知道。後來造成了不少毛病。所以現在我就是吼，不管幾點，只要超過晚上十一點，趁我想睡覺的時候就馬上去睡，並且睡在工作室最好睡的沙發上（不是床），或是家裡最好睡的沙發上（也不是床），不管怎樣萬一看到天亮就起床吃早餐，帶狗散散步，讓眼睛跟皮膚吸收一下自然的陽光幫我調整作息時鐘，用這單純的一招去克服睡眠問題。

然後我就正常了一段時間，活得挺好，安眠藥也被我珍惜地儲存著哈哈。

直到我決定自己寫「打噴嚏」的電影劇本之後，我又陷入了作息混亂的戰鬥。「打噴嚏」是今年就要拍的電影，而且很快很快就要拍，我當監製，主要在劇情設計跟選角跟視覺上貢獻我的力量。爲什麼要當監製，很簡單啊就是因爲我很希望「打噴嚏」拍出來是一個很好看的電影，我覺得如果有我的一份力量，應該可以幫助劇組的大家。

當了監製後我才看了前幾個版本大家寫出來的劇本（眞的是看得太晚了，一直悔恨這部分），我覺得有好的部分也有不好的部分，但嗯嗯嗯嗯……拍電影怎麼能有不好的部分呢？所以我統合了大家好的部分（好的部分是眞的很好）做了厲害的變形，再加上我新的改編，下了一個分場綱給大家，請大家繼續往下寫。後來大家很快寫出來的兩個版本，我看了也是有好的跟不好的部分，這時我猛然發現問題他媽的就是我自己！我知道我太喜歡「打噴嚏」這個故事了所以我竟然變成了一個機歪龜毛愛挑剔的大混蛋。不過我覺得我自己的龜毛不應該成爲編劇組的負擔，更重要的是我沒時間採取溝通的方式讓最後的劇本誕生了，那種溝通太沒人性了，比起來我還是自己虐待自己比較有人性，所以我就開始自己寫「打噴嚏」的劇本——就在我《獵命師傳奇》自認只剩十個寫作天的的時候。

然後我的喉嚨就因爲一直跟很多人開會，過度使用而操到爆炸了（不只是「打噴嚏」），我懷疑是熱感冒，或中暑，不大可能是因爲一直講話吧。這三天我的喉嚨一直很不舒服。反正我就是既吃檸檬，又吃水梨，還猛嗑據說是眞正的枇杷膏，去按摩背部，然後也去看醫生打針吃藥，今天可能去刮痧，等一下要運動排汗，反正我命就一條，只要不妨礙我寫「打噴嚏」劇本什麼都來試試看。

彎彎。

隨便亂估計，我大概今天晚上就會寫完「打噴嚏」的電影劇本了吧。我很喜歡這個粗稿，雖然裡面用來描述動作的三角形比我以前寫的都還要少，但就是以後慢慢加上去吧，不會影響劇組其他的前置工作，只會騷擾導演分鏡。我自己的劇本，在故事上，毫無疑問就會是我喜歡的電影的樣子，還有任何時間我跟導演們都會一起討論讓電影更好看。兩天後我好好睡一天我會回去獵命師的最後決戰世界，想想也不錯，我其實是在一個難以前進的劇情上猶豫了，才撞上了「打噴嚏」，兩天後我應該充滿幹掉《獵命師》的覺悟。就這樣了七點十七了我竟然寫這個睡不著的東西寫了二十七分鐘沒繼續寫劇本！我去吃早餐跟遛柯魯咪了，他媽的柯魯咪完全沒有睡眠問題，她整天都想出去玩，還確實具有瞬間睡著的技能，眞的是幸福體質。我會努力，唉不，或許我就是太努力了。

昨天晚上多繞一圈公園聽到的故事

2013.07.17

剛剛牽柯魯咪去繞公園快走，結束時遇到一個媽媽，問我是不是九把刀，我說是，她便問我願不願意寫她兒子的故事，我很抱歉地說我一向只寫我自己想出來的故事（暫時還沒有破例的打算），但我願意聽她說，於是柯魯咪就多賺到了一圈公園。

這個媽媽的兒子在多年前罹患了神經母細胞瘤，但很幸運他有一個雙胞胎兄弟，經過骨髓移植後又多活了四年。

這位媽媽說，在漫長的治療過程中，她受惠於兒童癌症基金會很多很多，治療後每天要吃的A酸，一口就要一千元，一個月要吃好幾罐，兒童癌症基金會都出了，她很感激。而骨髓移植的第一張帳單要三百萬，健

保出了九成（台灣的健保眞的很不錯喔大家要一起好好珍惜，不要濫用了，雖然有爭議但我還是乖乖繳那2％的補充健保費），自付額三十萬兒童，癌症基金會也幫忙出了，讓她感激又感動，原來大家對這些罕見疾病的捐款眞的能夠幫助到生活艱難的家屬，她很希望大家將來捐款可以考慮這個基金會，幫助更多有機會活下去的孩子。

多走了一圈公園，多聽了一個有意義的故事。

2013.07.19

我們不一定敢說自己夠資格代表「正義」。但！你這種政府絕對可以扛得起「邪惡」！

今天一堆記者打給我，問我重複的問題，看起來國防部已經開始偵查這個案子了，沒有置之不理了，但爲什麼大家跟我還是要爲死去的洪仲丘上街頭？

其實我一點都不信任政府，大家，也不應該傻傻相信政府。

洪仲丘
1月14日 9:38 ·
在談笑風生之間，
默默的武裝起自己，
爾虞我詐的世界在這鬼地方展露無遺，
如何在油嘴滑舌之間學會自保，
是我至今學到的最大教訓，
希望我在退伍之際，
不要忘記當初充滿正義感的自己，
當對這個體制無能為力時，
學會看開一切說服自己這只是個過程。

「偵查不公開」被無限上綱了，過去偵查不公開的結果都很難看，翁奇楠被槍殺的密室關鍵影像永遠地消失了，密室裡到底有沒有警界高層、市府高層正在裡頭打麻將我們永遠不會知道了。臉皮厚的人最後一定會贏，因爲你在乎羞恥但他不care啊。

「司法獨立」也被無限上綱了，大水庫理論被法官苦心發明出來拯救漂浮在水庫裡的小水母，中鋼也因爲是民營公司所以現在所有人都可以光明正大拿鈔票打立法委員的臉叫他們去中鋼綁標（反正立法委員也不算有實際權力嘛！畢竟連行政院秘書長都沒有權力了立委算什麼呢科科），這就是我們的司法獨立。

「一切依法辦理」也被神化成了正義的標準，畢竟我們的立法院曾經不分藍綠都很努力爲顏同（是顏同吧？是吧是吧？）量身打造一套西裝，喔不，是一套剛剛好可以提前放他出來的喝花酒免關的法案，反正王金平說，立法過了就是法，爽！

過去幾天，媒體都已經這麼愛報「洪仲丘被活活整死」的各種面向了，每天都有一堆談話節目從各種不可思議的角度去談這個案子了，大家都這麼怒了，國防部還可以氣定神閒地說：「喔那個洪仲丘舉手是因爲他想要戒護士幫他壓腿啦，不是想喝水或想休息啦！」這種厚臉皮的國防部，他現在跟你說他會好好調查請大家不要再亂爆料了，你相信的話，眞的就是在污辱你自己的智商。

科技實力大概只限櫃檯後面的發票機的CoCo飲料店，只花了一天，就救回了被覆蓋的影片。科技實力超級棒、畢竟買了軍艦拉法葉（順便殺了一個上校）的國防部花了那麼多天，還不知道能不能救回消失的八十分鐘畫面，當初怎麼消失的也沒有答案，我們可以合理懷疑這段時間國防部應該是把影片送去阿凡達的特效公司去做超高級的後製是吧。又過了那麼多天，偉大的國防部才想到要羈押一堆牛鬼神蛇，是深怕他們串供的默契不佳，還多給了幾天是吧？

我們要怎麼信任這樣的國防部？

爲什麼我們一定要假裝自己是智障呢？

我的臉書，這幾天常常收到不同的人寄給我的，在軍隊裡被冤死的家屬的信，他們希望藉著我的臉書重新讓這些案件被看見，被討論，被重視，後來我也看到有些家屬在這幾天上了電視語氣顫抖地回憶至今未曾沉冤得雪的血案。過了那麼多年，這些家屬都無法放下！無法放下！

時間根本無法沖淡什麼，即便這些家屬想要原諒加害者，都不曉得到底誰是眞正的加害者！這些家屬想要放下，卻不知道他們應該放下什麼東西！因爲根本就沒有人給過他們眞相！沒有人認錯，請問這些家屬應該原諒誰？沒有眞相，你教這些家屬要釋懷什麼？

眞正有能力拼出眞相拼圖的國防部，總是「很遺憾」，總是「我們很抱歉」，然後什麼都沒有了，留給家屬的就是多年未解的謎團，以及越來越深的憤怒！沒！有！人！放！得！下！

我們至少已經知道一件事了。

我們知道不管大家在臉書上面按幾十萬個讚，都沒有用。

我們知道不管大家分享了幾十萬次一篇充滿疑點討論的文章，都沒有用。

我們知道當所有媒體所有網友所有目光都集中在洪仲丘的冤情時，苗栗縣縣長劉政鴻握拳大叫：「天賜良機！」火速拆掉了大埔爭議的最後四戶，然後白敦義兩手一拍說：「什麼！我有幾分意外！」——我們的政府，就是這種貨色。

面對這種厚臉皮的政府，面對絕對不能有眞相的國防部，我們只剩下一種武器。

那種武器，會讓我們成爲政府唯一懼怕的力量。

那就是告訴他們，我們不會只是在網路上怒吼、按讚、分享的一群「網友」。

我們心裡有相信的事。

我們會從網路湧上街頭，聲嘶力竭，握拳踏步，爲一個未曾謀面的陌生人之死，改變上百萬個陌生人未來在軍中的命運。

我們不一定敢說自己夠資格代表「正義」。

但！你這種政府絕對可以扛得起「邪惡」！

萬人響應，一人到場。

你我都可以是，那一個人！

七月二十，明天早上，九點鐘，小南門捷運站出口見！

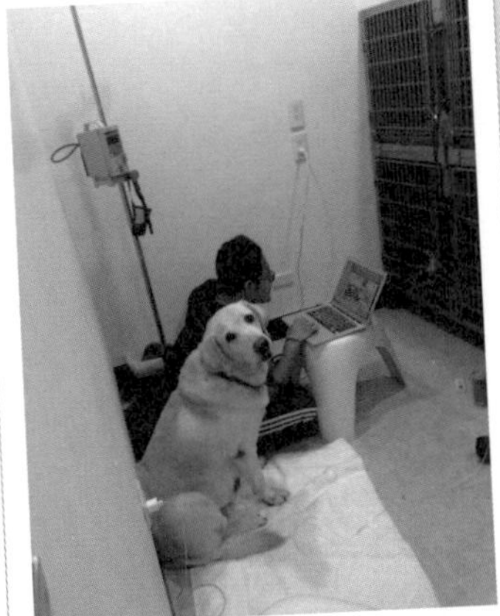

一邊陪柯魯咪打點滴，一邊寫東西。

尋找五年前蔡學良死亡現場的真相15人

2013.07.21

昨天早上，我去七二〇公民教召的集會現場，我在民視採訪車旁邊跟作家朋友兼胖子「天堂地獄」待著，他養了一隻小哈士奇，由於正好是白色，乾脆帶來一起來遊行。媒體看到我，就跑過來採訪，這個時候我認出了媒體的後面站著一位戴口罩的中年婦人，她是我曾在談話性節目裡看過的，五年前「被吞槍自殺」的軍校生蔡學良，的媽媽。

媒體離去，蔡學良的媽媽走過來，很激動地向我自我介紹，我趕緊說我知道，請她坐下。接下來台上在喊什麼大家跟著喊什麼老實說我都沒有聽到了，因為蔡媽媽從偌大的背袋裡拿出厚厚的一本資料，向我仔細說明蔡學良的自殺案件疑點。

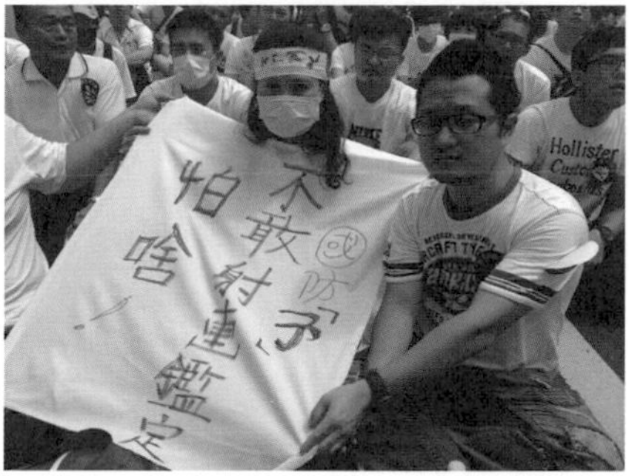

媽媽沒有放棄。

蔡學良在軍中死亡，調查報告說是含槍自殺，但

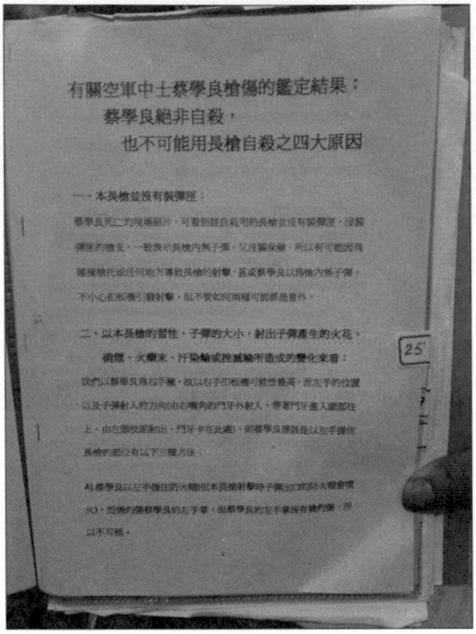

軍方十天就強制火化遺體，並且不讓蔡媽媽跟法醫說到話，蔡媽媽說，為了兒子之死，她這五年來學會了使用電腦，使用網路，更跑到美國請教槍枝專家做65步槍的實驗，並自己找法醫高大成與法醫羅秀雄協助她研究兒子的死亡資料，兩位法醫都說，從遺體照片的種種跡象顯示，蔡學良絕非自殺。

蔡學良的後腦卡了兩顆前排牙齒，顯示子彈是從嘴巴外面射擊，而非吞槍，一個想用很長的65步槍自殺的人，就算手很長，要採取這麼奇怪的姿勢也是非常不可思議。而且傷口很小，極可能不是65步槍轟擊所致（65步槍幾乎可以打爆半顆腦袋），而是45手槍所擊發的可能性極高。就連所謂的遺書，筆跡也跟蔡學良平日的筆跡頗不一樣，可遺書竟然不是由筆跡鑑定專家辨識，而是由非專業的軍法醫逕行認定便算。

在大太陽底下，蔡媽媽一頁一頁翻著資料，一邊很有條理地向我解釋，其中當然也有蔡學良悲慘的遺體照片，我很努力聽著蔡媽媽的解說，但眼淚卻忍不住掉了下來。我想到，這五年來，在鄉下一個什麼都不懂的蔡媽媽，因為兒子之死，上天下海蒐集了這麼多專業資料，找了許多律師與法醫給她意見尋求幫忙，不知道已反覆解說過這些資料幾百幾千遍，她手中資料本裡殘酷又悲傷的照片，早已刻在她熟練翻閱的手指上。五年了，國防部一直沒有給出一個能看的「真相」，當初在她兒子死亡現場有十五個官兵，沒有一個在私下時跟她說究竟當時發生了什麼事。一切，全賴蔡媽媽靠自己的力量獨自拼圖。

五年了，媽媽的愛，沒有極限。

蔡媽媽說，在今天以前她就很想找我，但不知道怎麼找起，今天遊行的人那麼多，也不知道可以如何遇到我，但她一到集會現場，一眼就找到了我，也毫無困難地走過來跟我說

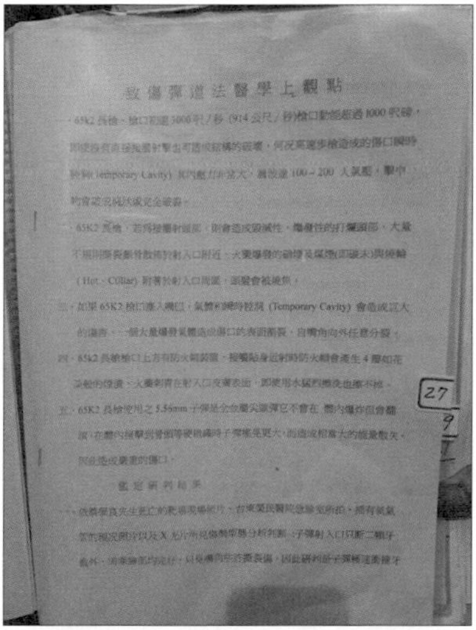
致傷彈道法醫學上觀點
一、65k2 長槍，槍口初速 3000 呎／秒（914 公尺／秒）槍口動能超過 1000 呎磅，[illegible]
[illegible]（Temporary Cavity）[illegible] 100～200 大氣壓，[illegible]
三、如果 65K2 槍口進入嘴巴，氣體的瞬時腔洞（Temporary Cavity）會造成巨大的[illegible]
[illegible]
五、65K2 長槍使用之 5.56mm 子彈[illegible]
[illegible]
鑑定研判結果
[illegible]

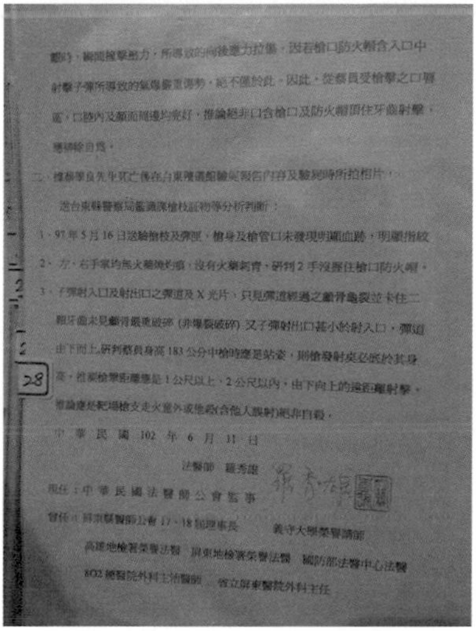
[illegible]
二、[illegible]
1、97 年 5 月 16 日送驗槍枝及彈匣，槍身及槍管口未發現明顯血跡，明顯指紋
2、左、右手掌均無火藥燒灼痕，沒有火藥刺青，研判 2 手沒握住槍口防火帽。
3、子彈射入口及射出口之彈道及 X 光片，[illegible]
[illegible] 1 公尺以上，2 公尺以內，由下向上的遠距離射擊，
[illegible]
中華民國 102 年 6 月 11 日
法醫師 [illegible]
現任：中華民國法醫師公會監事
[illegible]

話，她說，「應該是她兒子……」然後就哽咽不說話了。我直覺地接著說：「說不定是妳兒子牽妳的手，帶妳走過來的。」然後蔡媽媽就哭了。我好像脫口說出了不該說的話。

我拍了幾張資料上的照片，問了幾個很不專業的問題，唯一重要的問題就是，我能夠幫上什麼忙。

蔡媽媽說，希望我可以幫助蔡學良的案子重啓調查。

我其實是一個很普通的人，我的正義感大概是社會平均值而已，並沒有特別高或特別熱烈，我爲社會議題上街頭抗議的次數也比大家想像的要少，上一次好像是幾年前的「反波波醫生」吧。我知道我偶爾對一些事情發表意見或採取行動，讓大家對我有期待，可是我眞的不是一個夠資格的正義使者，加上我不管藍綠一律拒絕替所有的政治人物的選舉站台、不管藍綠一律婉拒跟所有政治人物對談，所以其實我也不認識什麼政治人物，我的力量很純粹就來自網路上的大家。（說眞的大家不要把我當成正義使者，我會認眞逃走的！）

洪仲丘這個案子才發生幾天，關鍵的八十分鐘錄影畫面照樣可以在全民關注下厚顏無恥地消失（注意，不是離奇地消失，而是厚顏無恥地消失），蔡學良的案子已經發生了五年，我想任何可以被湮滅的證據也不可能存在了，我想獨獨我的力量並不足以幫助蔡學良的案子重啓調查。但，我可以協助這個案子在網路上取得更高的能見度，更重要的是——

「蔡媽媽，如果有可能的話，我看看能不能透過臉書，找到當年知道實情的那十五個官兵中的任何人，如果他們之間有人願意跟妳說發生了什麼事，妳一定要保護他。」我這樣說。

「如果有人跟我說到底發生了什麼事，我一定會原諒他。」蔡媽媽流淚。

蔡媽媽只想知道眞相。

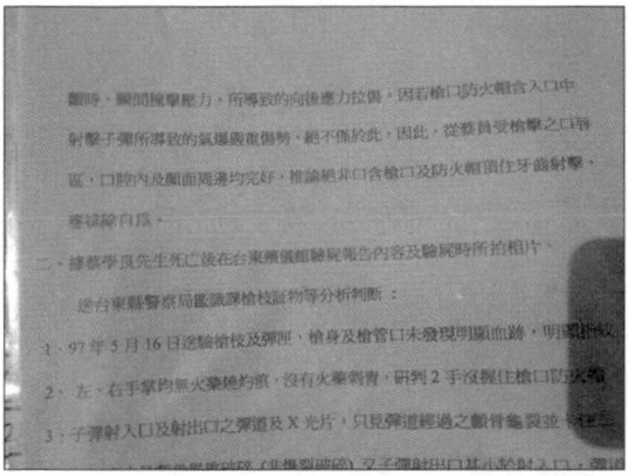
髓時，瞬間撞擊壓力，所導致的向後應力拉傷，因若槍口防火帽含入口中
射擊子彈所導致的氣爆[illegible]傷勢，絕不僅於此，因此，從蔡員受槍擊之口唇
區，口腔內及顏面周邊均完好，推論絕非口含槍口及防火帽頂住牙齒射擊，
[illegible]。
二、據蔡學良先生死亡後在台東殯儀館驗屍報告內容及驗屍時所拍相片、
送台東縣警察局鑑識課槍枝證物等分析判斷：
1、97年5月16日送驗槍枝及彈匣，槍身及槍管口未發現明顯血跡，明[illegible]
2、左、右手掌均無火藥燒灼痕，沒有火藥刺青，研判2手沒握住槍口防火[illegible]
3、子彈射入口及射出口之彈道及X光片，只見彈道經過之顱骨龜裂並[illegible]

沒有眞相，怎麼會有原諒？

在此時此刻我就不說軍紀了，也不說正義了，當年那十五個知曉蔡學良之死眞相的人，不管是官，還是兵，你們都跟蔡學良一起打過飯、出過操、疊過棉被吧，你們如果有機會看到這篇臉書文章，能不能請你們鼓起勇氣，單純地告訴一個媽媽，當年蔡學良到底發生了什麼事？

拜託大家幫轉文章了。

201.07.28

前兩個禮拜，我終於搜集到這一組夢幻的海賊動物公仔啦！

這一套公仔，動物造型的海賊王，針對不同的角色的擬動物化，眞有奇特的神采最近都把他們擺在書桌上，就這麼看著他們寫《獵命師20》，心情就會好好～～～

說到海賊王希望尾田榮一郎大師好好休養身體，健健康康，老實說即使不繼續畫了也沒關係尾田創作出這麼令人感動的漫畫作品，他一輩子都平安快樂是身爲讀者最大的祝福。

這一組海賊動物公仔真是神作啊。

忍不住多拍了幾張。

羅賓真是太優雅了！

艾斯的臉很黑，不容易拍黑豹的造型滿酷的。

公仔有把魯夫那種自信滿滿的神采做出來。

魯夫當然是猴子啊！
MONKEY D. 嘛哈哈！

裡面我最喜歡索隆了，他的造型實在是太太太太太好看了！

拿著竹子的老虎！

人生一定有索隆的志氣啊！
為魯夫向鷹眼下跪的男人！

惡魔嵐腳，當然是燃燒的蹄啊！

我的願望跟香吉士一樣，吃到透明果實啊喔喔喔喔喔喔！

娜美是貓，還是一隻好甜美的貓！

這隻公仔很妙稍微轉一下角度，貓的表情就有一點點不一樣，都很色！

我真的好喜歡娜美喔好想親一下～～～

去死吧臭河馬！

喬巴是來亂的！
不過他變成狸貓也是一個梗啦～～

看起來就是有口臭的感覺去吃屎吧！

長頸鹿吉他手，嗯，不解釋。老實說我覺得除了與拉布相遇的梗之外我沒有特別喜歡布魯克耶！

犀牛真的很適合很超級的弗朗基！

騙人布是變色龍吧？
我喜歡騙人布，因為他代表了一般人類的極限一般人只要肯努力，還是可以踏上魯夫的船喔！

不過弗朗基的機器人造型越來越多越來越複雜我有一點點排斥耶。
不過機器人真的是男孩子一生的浪漫啊～～～

這個角度很不錯，公仔脖子的厚度我喜歡。

白鬍子老大！
是一隻很有霸氣的北極熊喔喔喔喔喔喔喔喔北極熊快絕種了，真符合白鬍子嗚嗚嗚嗚嗚嗚……

睥睨群雄的姿態，強者的眼神啊！

背影當然有夠帥！

眞開心搜集到這一組夢幻公仔，眞的好値得蒐藏。

改天我好好拍下我的公仔櫃給大家看好了，不見得有多厲害，但都是我喜歡的電影跟漫畫構成的世界，讓他們相遇在我的書櫃，是我的小小夢想呢:D

這一組海賊動物公仔真是神作啊！

八〇三，25萬人送仲丘，九把刀的演講稿

2013.08.04

我講了三百二十幾場演講，沒有一場看過稿子，九成的演講我都講超過兩個小時，有時還講到三個小時，我從未在演講時緊張，我不是那種人。

但今天我意外地感到緊張，我很怕在這個重要的場合，在這個眾志成城的場合，我的想法沒有能力在短時間內傳達給大家，所以我事先特別寫了一個稿子。

（沒想到卻制約了我反射性看稿的依賴shit）

以下是我今天的講稿。

我是九把刀，我是，替代役。

我是替代役，但是我今天也來了。

我為什麼來了？有什麼資格來？

李家同說，大概只有笨蛋才看ptt。董智森說，他最看不起鄉民，那些大學生是最不要臉的，就一群垃圾在那邊PO網，根本不必聽。

很多人都看不起鄉民，認爲鄉民只不是一群對社會不滿的魯蛇，什麼都反，什麼都酸，什麼都抗議，所謂的鄉民的正義，就只是在臉書上面按讚！按分享！以爲這就是正義！

所以很多人都看不起鄉民，我更慘，我是鄉民平常最看不起的替代役。

但是今天我出來了，平常只會在電腦前面按讚的大家也都出來了，很多根本不用電腦的爸爸媽媽，也都出來了。

大家的力量，令軍檢法只適用於戰爭時期，誰說改變不可能發生？（攝影張嘉明／自由時報提供）

爲什麼我們出來？

爲什麼我們今天要站出來？

我知道大家都開始不喜歡，開始抗拒，所有的電視新聞、談話性節目、報章雜誌、臉書上，都是洪仲丘被軍隊凌虐致死的新聞，一開始我們都義憤塡膺，但漸漸地，很多人有種嚴重疲勞轟炸的感覺，一些人開始反省，開始碎碎唸台灣應該還有更重要的新聞可以報吧？

怎麼可以讓洪仲丘一案佔據這麼多社會資源呢？

七二〇已經搞一次遊行還不夠嗎？

還要再搞一次，是沒有更重要的事要做嗎！

現在！

整個台灣都已經用這種程度的超級關注力在監督政府，政府都還是如此厚臉皮地變來變去，一開始說，「報告學長！畫面沒有刪除！」

一下子又說，「報告學長！沒有畫面！」

一下子又說，「報告學長！都是黑畫面！」

然後又說，「報告學長！怕打雷所以主機關機！」

一下子又扯「年久失修！」、「滑鼠壞掉所以要重開機！」

幹！滑鼠都可以壞掉！
就算滑鼠壞掉，我家的電腦重開機只要二十秒，國防部的電腦要八十分鐘！
然後最新的說法是「報告學長！插頭不小心拔掉！」
在所有社會媒體如此關心的情況下，他說，他的插頭！不小心！拔掉了！
我拔掉插頭，再插上去！只要十秒鐘！
國防部！要八十分鐘！

政府就是一直用這種小丑戰術！
厚顏無恥！顛三倒四的鬼扯戰術！愚弄所有人！
政府在等我們對這個新聞疲勞！
政府就是在等我們對這個新聞開始反感！
政府居然有膽子等我們反省洪仲丘的案子浪費太多社會資源！

到底誰在浪費社會資源！

大家都來了。

我們大家，都是一群不完美的人，我們有時候過馬路不走斑馬線，我們常常會熬夜抓Ａ片，我們有時候會抄隔壁同學的數學作業，我自己在公園遛狗的時候，也不喜歡綁繩子，我們都不完美。

我們都不完美，不敢說自己夠資格代表「正義」。

但不完美的我們，心裡還是有共同相信的事。

有些事！我們就是無法忍受！

因爲我們無法假裝沒有看見我們內心，最基本的良知！

然而面對沒有良知的政府，我們又能做什麼呢？

我們至少已經從這些教訓，知道一件事了。

我們知道不管大家在臉書上面按幾十萬個讚，都沒有用。

我們知道不管大家分享了幾十萬次的文章，都沒有用。

面對這種厚臉皮的政府，面對絕對不敢有眞相的國防部，我們只剩下一種武器。

那就是告訴他們，我們不會只是在網路上怒吼、按讚、分享的一群「網友」。

我們不冷漠！我們不自私！

我們會站出來！我們會站在街頭上對你大叫！

在事件之前，我們都不認識洪仲丘，但因爲內心的良知，今天我們都站出來了，聲嘶力竭爲一個素昧平生的陌生人之死，改變上百萬個，素昧平生的陌生人，未來在軍中的命運。

今天大家都來了，沒有政黨，沒有顏色，只有凱達格蘭大道上面的一片雪白！

網路上有一句話：萬人響應，一人到場。

今天！

你我都是，那一個人！

被女孩剃毛的柯魯咪很自卑。

蘋果日報有拍到部分的演講內容，但不完整就是了。

影片網址：

http://www.appledaily.com.tw/realtimenews/article/politics/20130803/236239/%A1i%B5

八〇三公民運動的一點題外話

2013.08.06

https://www.youtube.com/watch?v=DHWW4H8D81I

「要眞相！要人權！凱道萬人送仲丘！」錄影片段

／TWIMI｜獨立媒體 http://www.twimi.net

想說一點不算感想的，最近累積下來的公民運動題外話。

在參加八〇三公民運動的前幾天，我都在寫《獵命師傳奇》的大結局，稱得上沒日沒夜地在衝稿，精神亢奮到每天都看到天亮才睡，然後我還得常常跑去電影「打噴嚏」（現在片名改成「我的情敵是超人」啦！）的拍片現場演一下的監製，偶爾客串一下打噴嚏的編劇救火。

在八〇三當天，我都還超級認眞地在順《獵命師傳奇》大結局的電子稿，這邊改一下、那邊修一點，直到下午四點，我才開始寫要上台的演講稿。

到了凱道現場，我沒有被塞滿街道的白衣群眾給嚇到，而是被大家超級守秩序給震懾住了，幾乎都是年輕人，每個人的臉上都有一點第一次參加遊行的靦腆，我想這就是單純。

到了後台，我看到了一群很不政治的工作人員，以有點生澀卻又不疾不徐的節奏在處理每一個流程，大家都很有禮貌。從後方看向偌大的講台，我看著多年前因爲反波蘭醫生遊行而認識的年輕醫生，他再度拿起麥克風，在台上滔滔不絕地演講，以眞誠的發言慢慢帶動氣氛。

我不禁覺得這個世界眞的很奇妙，我們雖然是多年不見的戰友，但從未一起吃過飯或私下用line鬼扯什麼東西，每次見面都是在這種不得不拚一下的場合，眞有一種……是的，就別搞約吃飯聊天唱歌那一套吧，每次見面都是這樣的熱血畫面也很有意思。

然後輪到我上台。

一個需要大家的夜晚。

其實在這種場合上台演講，跟我自己那三百二十場演講最關鍵的不同，就是——這個場子不是我的，而是屬於每一個來參加活動的大家的，屬於，台灣公民運動的特殊歷史的，屬於，我們共同想要征討的眞相的。

這個關鍵的不同，讓我感到很緊張。平時我太習慣我行我素（應該沒有人懷疑這點吧）想說什麼就說什麼，是因爲我個人並不介意當我這麼幹的時候，來我的場子聽我說話的人到底會因此而喜歡我還是因此討厭我，我眞的不介意，我就是這個樣子，要我假裝成另一個模樣實際上我也辦不到。

但這個場子，氣場非凡，充滿了大家堅定不疑的信念，而這樣得來不易的信念，正在這一個晚上寫下台灣公民運動最動人的一個新起點。

渺小的我絕對不能辜負這個信念。這種壓力害我很緊張。

但慢慢地，又有一種忽然從心底生出的力量讓我呼吸平順起來。

我覺得，如果平凡的我可以在這個充滿意義的夜晚上台演講的話，那麼，我就是可以做到的那個人。「人生中所發生的每一件事，都有他的意義。」這種機會不會平白無故落在我身上，就如同，我從來就不相信這場偉大的公民運動的槓桿支點，會平白無故地落在那三十九個平凡樸實的發起人身上。

就因爲做得到，扛得起，所以事情才會落在大家的肩膀上。

只要心裡相信能夠扛得起來，我們都註定扛得起來。

上台了，我眞討厭我一直下意識想看稿，但，反正就如同我說的，我不完美也是我的正常狀態，總之我希望我的演講在整體上沒有辜負了大家城下一聚的意志。

演講結束，我繼續跟我的一干朋友待在後台看陸陸續續的不同人上台演講。

我看到了預備上台的柯文哲，但我沒去握手，純粹因爲我不好意思打擾他。

我喜歡柯文哲，我喜歡他屌屌的正直，還有他總是一針見血地指出爭議事件的要害的觀點。

我猜想柯P的日常生活應該過得也很不錯，所以我不知道柯P到底是很聰明呢，還是聰明過頭導致發笨，因爲，以他的高智商一定知道，人，只要一認眞碰了政治，人生就不會有以前快樂了，但要說他笨，我又完全沒資格。

所以當我看到柯文哲這麼強的人，手上也拿著一份演講手稿時我眞是忍不住欣慰了起來，但我發現他只是拿在手上，幾乎沒看稿就講完下台時我又很想死了。

然後洪家與歷年來的受害者家屬陸陸續續出現在後台，其中一個年紀超過七十歲的老媽媽抓著陳舊的旌忠狀在後台嚎啕大哭，然後拿起旌忠狀對著天空唸唸有詞，那畫面我到現在都還是難以忘記的悲傷。

眞的，沒有眞相，不管過了多少年，要放下，對每一個受害者家屬來說都太奢侈了。

我等到江美琪唱完了歌才走，是的我沒有參與到最後手機紫爆的歷史畫面，因爲我還得火速衝回拍電影的現場演一下監製這個角色，看一下義智跟心心姐姐第一次在孤兒院外的對手戲，還有陪一下到場探班的音波俠。

直到快兩點才離開拍片現場回到工作室。

隔天我繼續校稿《獵命師》電子稿，大功告成後到公司開打噴嚏的劇本更動會議，開始寫《獵命師》的作者萬言感想，然後隔天又開打噴嚏的主視覺電影海報的小會議，接著校稿新馬地區簡體字版本的《獵命師》排版，而我剛剛在回彰化的區間車上寫好了「打噴嚏」的劇本變動的部分。

其實最近我就是很多事，但我又一直沒事找事。

不過沒什麼好抱怨的，因為都是我喜歡做的事，只是一口氣忙太多，勢必睡眠不足跟肩膀痠痛（不要叫我看鬼影謝謝）。

還有，一直以來都有很多談話性節目、政論節目找我去錄影，什麼議題都有，最近邀約更是多到爆，但大家不可能在那些節目上看到我坐在椅子上評論任何事，單純因為我個性彆扭，兼不感興趣，沒有什麼太打高空的厲害理由，或自命清高，純粹是上節目不在我的興趣守備範圍，所以我也沒有要批評常去上節目的名嘴的意思，比如強獸人朱大便，事實上我覺得他去打打嘴砲也滿好的，不然你要叫這麼大隻的他去打摔角嗎，而且又不會贏。

反正除了電影宣傳期，我眞沒什麼動力去上任何節目評論任何事。

然後也不要胡亂猜測我為什麼關心某些公共議題的背後動機了，畢竟很難不關心好嗎，事實上大家都很關心，你我都很想爲某些議題盡一份力，我也只是跟大家一樣而已，只是我的發言比較容易被看見，我的動作比較會招來注意罷了。

我不可能跑去選什麼立法委員、或任何政治職位、或跑去誰誰誰的選舉場合幫忙喊凍蒜，見鬼了我沒興趣。

更坦白地說，我的人生超快樂的，行事曆全部都被我喜歡做的事給塞滿，除了累，除了睡眠不足，我不知道我人生還可以怎麼改進，我超happy的，幹嘛沒事跑去爛泥巴裡玩得一身大便呢？

不要對我太期待，我不是正義使者，我只是一個有正義感的公民，但也不必對我關心

謝謝正妹水晶送我的生日禮物，
我很喜歡穿它演講

公共議題的動機給予太多奇怪的想像，我無意成爲政客或名嘴，或類似的政治產品。

要行俠仗義，可以當楊過啊，爲什麼一定要加入全眞教呢？

能夠當令狐沖，誰那麼白痴想當張無忌是吧！

不過我認眞希望，我們的政府可以溫柔地傾聽人民的聲音，政府如果願意彎下腰，好好把耳朵靠過來，人民都願意輕聲細語跟你說話，可以用正常音量，誰想扯破喉嚨用吼的啊？

烏煙瘴氣的事太多了，前一陣子反國光石化，過一陣子文林苑拆遷爆發，現在苗栗王拆大埔，接著台中王禁止領養流浪狗，一下子反媒體壟斷，一下子反核四，這個學者被抹黑，那個教授被抓，忽然爆出一個大家都搞不懂的服貿，軍中再冤死一個洪仲丘，搞得大家的臉書整天都在抗議跟怒吼，逼不得已只好穿白衣一起到凱道正常能量釋放……政府可不可以不要那麼跩。

寫太多了好像怪怪的。

話說我好久沒玩星海了，現在虛空一波流還靠得住嗎？

終於完成了獵命師傳奇……嗯，首部曲！

我決定幫作家星子徵女友啦！

2013.09.21

我決定要超展開幫作家星子狂徵女友啦！（臉書Sammy Yen）

星子跟我認識差不多九年了，星子小我一歲，矮我一點，膽子比我小很多（不是他的錯），但講話比我誠懇不少（這是我的錯），同樣是一個很勤奮寫小說的小說家，大概也寫了好幾十本小說（請上博客來查詢），經典代表作是「太歲」、「日落後」系列、「月與火犬」系列才華洋溢，因為沒有放棄畫畫的夢想，每個禮拜都會去畫室學畫畫，熱愛自己煮菜，也會在陽台自己種一點簡單的菜吃（不是長菜花，也不是生芒果謝謝），非常愛喝啤酒，熱愛跑步（差不多5000M的實力），很有正義感，超討厭神棍（跟我討厭賣愛心筆的程度不相上下）。

那些年在日本的電影宣傳作的很用心。

秋葉原的鋼彈聖地。

至於缺點呢，幹我當然是就算知道了也不能講啊！

我這篇完全就是一個不打算負責任的廣告推銷文，想知道星子的缺點就去他的臉書上把他約出來，從頭到腳、從外在到內心好好把他檢查一遍就知道啦！

星子是一個好人，哪裡來的好女孩快點把他打包帶走啦！

（星子的臉書https://www.facebook.com/sammy.yen）

2013.10.10

讓我們拿回自己的國家！

很多人不知道今天的公民運動的訴求是什麼，雖然我的臉書一貼再貼，但因爲很重要，所以還是再說一次吼。

還權於民的三個修法要求——

1. 下修公投門檻，落實直接民權
2. 下修罷免門檻，合理罷免機制
3. 下修不分區立委及政黨補助門檻

簡單說，就是我們要拿回公投與罷免不適任民意代表的正常權力，這是原本就屬於我們的東西，現在的公投法與罷免法都太畸形了，幾乎無法被達成任何民意。

今天會有這麼多的公民運動，當然是執政黨做太爛，但，也是在野黨軟弱無能一丘之貉，所以別把公民運動抹綠了。

坦白說近日一連串的公民覺醒鋪天蓋地的運動，不僅執政黨應該面壁反省，反對黨也應該感到非常羞愧，正因爲藍綠都無法被民眾信賴，所以我們要擁有實際上眞正可以施行的罷免權，政府才會眞正傾耳以聽人民的聲音。

之前記者一直問我關於馬王政爭的議題，我都不想出來回答，因爲馬英九跟王金平這兩個人都不是弱勢，都不需要人民站出來替誰發聲。

但，今天畸形的公投法與罷免法之下，我們所有的公民，都是弱勢！

今天國慶，不過就是輪到我們公民爲我們所有人站出來了！

以上，大家繼續努力。

電影「十二夜」，不扣除成本，票房拆帳扣稅後全部捐出

2013.10.30

又要談「十二夜」了。

在「那些年，我們一起追的女孩」落幕後的一年，「那些年，我們一起追的女孩」的攝影師，超機巴的阿賢（機巴賢）來聽我在彰化文化中心的一場演講，演講說的恰恰是我們一起拍攝那些年的機緣與過程。演講結束，阿賢（機巴賢）一邊吃肉圓，一邊跟我提及他跟Raye想拍攝一個關於流浪狗的紀錄片，希望我擔任監製，用我的影響力令這個紀錄片受到更多的關注。

但好吧，我對所謂的「影響力」這三個字一直覺得很虛幻，事實上我並不覺得「有名氣就等於有影響力」，反倒我認爲，「做對的事，才會有眞正的影響力」。後來我跟Raye與阿賢開會時，我就說，「十二

夜」影片的拍攝費用我都包下來，你們只要專心創作出一個足夠好的影片，其餘不必擔心。

後來這個劇組一邊拍攝收容所的地獄圖，一邊忍不住打破紀錄片的客觀界線，出手將收容所受苦受難的幾隻狗狗給帶出，增加了龐大的救援費用。幸好，此時在此之前與我素昧平生的隋棠義氣出手，攬下了所有狗狗救援的花費。這個計畫何其幸運。

原本只是一個網路紀錄片的拍攝等級，我估計只會花費五十萬到一百萬之間，但因爲後來攝影師阿賢拍攝到的素材極有生命力，導演Raye剪接出來的故事充滿了情緒穿透性，我決定再出資更多，給予「十二夜」電影規格的後製，將它送到大銀幕，用最完整、最強大、最無從逃避的張力，包覆住每一個進場的觀眾，讓這一場生命之旅可以確實走進每一個觀眾的心裡。

因爲要達到電影的水準，目前「十二夜」所有的製作花費，已達到了五百萬的規模，這個數字還因爲影片拷貝數的增加而緩慢向上，正在逼近六百萬——那意味著願意上映「十二夜」的戲院數量增加，我很樂意再多花一些影片的拷貝費用。

說起來這眞的非常非常的不可思議，我越來越確定，自己是一個很幸運的人。

老天爺對我眞的很溫柔，老實說，我一向格局小、肩膀窄、目光短淺、小氣，如果我一開始就知道「十二夜」電影救援計畫會花費我個人六百萬元，我幾乎不會整個扛下來，但就在我以爲這個計畫只會花我五十萬的時候，我就一腳踏入了這個電影，開弓沒有回頭箭，隨著我的點滴參與，隨著影片的慢慢完成，我慢慢長出了可以扛得起這個計畫的肩膀，開始覺得，有能力付出這六百萬去資助這麼一部有意義的電影，去讓這個社會有一點點更好的改變，絕對是，我的幸運。

讓我有能力資助這部電影的，正是當初買票進場觀看「那些年，我們一起追的女孩」的大家，不管你是來自香港、大陸、馬來西亞、新加坡、韓國，甚至日本，謝謝你們，謝謝你們買票看了那些年，所以大家都是「十二夜」的幕後股東，是你們挹注了這一場愛。

我好愛她喔。

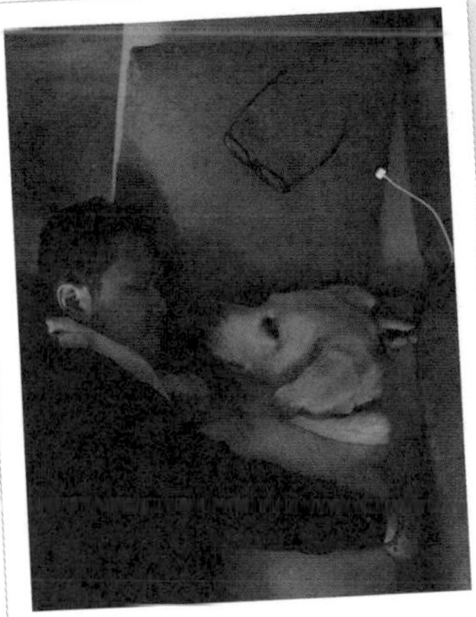

我愛妳。

更令人感動的是，愛動物的人眞的很多，難以想像地多，在幾個月前我公布「十二夜」計畫時，我的臉書跟信箱都收到了超級多封想捐款資助「十二夜」的來信，一方面大家都想貢獻自己的力量去幫助狗狗，另一方面，雖然我很色，但大家還是很信任我，把我當作是一個不會挪用善款的人，我很感激。

但是，爲了讓這一場愛更加的單純，我決定選擇最沒有爭議的作法。

當時我在臉書就公開說了，「十二夜」的計畫拒絕任何捐款！

救援狗狗的醫療與安置費用，隋棠豪氣說了會出到底就會出到底，影片拍攝的費用，我也決定每一筆錢都會從我的銀行戶頭支出，我不會讓這個計畫有任何一點可能性被質疑。

你可以笑我們傻，你可以笑我們爲什麼吃豬吃雞卻救狗很僞善，你可以笑「十二夜」根本就是不切實際的計畫——BUT！人生最重要就是這個BUT！BUT你笑不到我藉由販賣愛心營利自肥！

因爲是獨資，所以「十二夜」可以按照我們的想法乾乾淨淨地去做，不需要顧慮太多，就是去做。也因爲是獨資，沒有其他的股東，於是我也不需要去顧慮其他股東想至少要回本的壓力，就去做一些奇怪的行銷，或是把影片改得很行銷。

所以原本我們想在「十二夜」的電影裡面，穿插明星談養狗經驗的訪談，沒有了。

原本我們想放一點繪本的東西，讓影片看起來更有喘息空間，沒有了。

原本我們認眞考慮邀請十幾個明星爲影片裡的狗狗配音，配內心話，好吸引更多媒體的關注。沒有了。

通通都沒有了。

一點都沒有掙扎，我決心斬斷這些雜念，只要不接受捐款，「十二夜」就能遠離爭議，唯有沒有回本壓力，才能製作出最乾淨澄澈的「十二夜」。

縱然如此，不接受捐款是不夠的。

在「十二夜」的製作裡，導演Raye跟攝影周宜賢、裴佶緯、製片劉怡佳、製片助理彭小坪都是義務幫忙，收音師徐昆禎，周震，嚴唯甄也都是無酬幫忙。追蹤攝影，周宜賢、何政憲、樊子綺、陳映蓉、莊智凱、王大中，全部無酬協助。田野調查期間攝影，高子皓高顥中賴冠源，全部都沒有收取任何費用。字卡設計徐瑜婷，一樣是無酬協助。

電影界的前輩與強者依舊給我強有力的奧援。

在此感謝杜哥的聲色盒子，僅僅收取很低的費用，卻提供了最專業的混音技術。

感謝台北影業與胡總，以令人難以置信的低收費給了「十二夜」強大的後製奧援。

器材，迴游工作室，都是無酬幫忙。

強者聶永眞沒話說的有愛，義務擔任本片的視覺設計，設計出超好看的FB網頁、套票、logo乃至旗幟，我愛死你了！

感謝配樂王希文，在百忙之中還是抽空爲「十二夜」做出最好的配樂，一路爆肝加流淚。

謝謝發行公司原子映像，以友情價爲「十二夜」提供踏實的宣傳，還得忍受我完全不受控制的發言、與臨時起意的突發奇想（未來還得繼續忍受啊哈哈哈哈！）。

除了電影界，還有許多志同道合的夥伴也提供了無償的援助。

動物救援志工，EMT李榮峰低酬幫忙，詹詩涵無酬協助。

謝謝卡拉圖農場主人，免費把場地讓我們的狗住，也幫忙照顧我們的狗。

不來梅網路股份有限公司，免費架設「十二夜」官網，同步發展待用天使APP並免費跟我們做連結。

樂福動物醫院，冠生動物醫院林醫生，愛心動物醫院，以上三家醫院都是收取很低的成本價幫助當時救出來的狗狗檢驗、治犬瘟、腸炎、做復健等。

貓王，貓王是隋棠那邊的贊助，放了一筆錢在太僕動物醫院讓我們使用。感激！

台灣之心愛護動物協會劉晉佑，免費幫救出來的部分狗狗結紮。

我們好好寵物美容，免費幫「十二夜」狗狗洗澡美容。

飛比樂寵物食品精品，贊助所有狗的健康食品，驅蟲項圈、胸背帶、牽繩、洗澡精、鮮食包，還幫忙找飼料贊助，會幫我們在店裡賣電影票。

歐奇斯/奇蹟，贊助狗飼料750KG，以及第一批ＤＭ印刷。

星期天狗飼料贊助900KG。

中華民國保護動物協會，免費幫我們永久接收所有的狗，目前已送去八隻，其中三隻已成功送養出去，現在農場剩下的三隻之後也會送過去，希望他們的狗來富專案找到更多可以幫忙照顧狗的人家，http://golafu.apatw.org/waht

Skype台灣微軟，贊助一百五十個USB讓我們當贈品，提供免費媒體版位，包場一場。

艾羅企業有限公司，贊助送養ＤＭ印刷五百份還有前導海報印刷七百張。

若沒有這些強者夥伴，電影製作費暴增到一千萬也毫不奇怪。

可我知道，這些強者夥伴支持的不是我，而是一個大家都共同相信的東西。

與其說是協助，不如說，我們一起完成了一件，對的事情。

有這麼多人無償幫流浪動物，我們怎麼好意思用這個計畫賺取任何的金錢酬勞呢？

所以，「十二夜」上映之後，不需要扣除任何製作成本，全部捐出。

我跟社會大眾再報告一次——

完全不扣除成本捐出！

完全不扣除成本捐出！

完全不扣除成本捐出！

「十二夜」的製作成本通通都是我的淨支出，不必幫我擔心製作費回收的問題，隋棠支出的狗狗救援費用也沒想過要回收，不必幫隋棠煩惱。

我們不打算回收票房數字，我們要回收的，是社會對流浪動物更多的，愛。

因此，「十二夜」未來所取得的票房收入，僅扣除票房的戲院拆帳，以及必須繳納給中華民國政府的稅之後，會分成三年，逐年捐給記錄良好的動物保護團體，一毛錢都不會留在我的、或跟我有關的戶頭，所以大家更加不用擔心「十二夜」會變成一部所謂的販賣愛心、營利賺錢的電影。

不會，「十二夜」是大家的。

「十二夜」是拍來幫助流浪動物的，從動機到結果，一路都是幫助流浪動物的。

最後，我看見在網路上，很多人說不敢看「十二夜」，怕難過，怕崩潰，怕哭哭。其實我也不知道爲什麼要說服本來就已經很愛狗的人看，畢竟你早已與我們站在一起，我們早已是夥伴。但，我滿想要進戲院的大家，在離開電影院的時候可以帶走一點溫暖，帶走更多力量，分擔一點點行動力。

企業要包場請員工看，來吧！

學校要包場爲孩子上生命教育課，來吧！

明星想要包場給粉絲看凝聚溫暖的力量，來吧！
愛護動物人士要買套票支持這一場戰鬥，都來吧！
讓我們在一萬噸的黑夜裡，綻放出一億兆的光！

【十二夜】Twelve Nights 官方正式預告HD
https://www.youtube.com/watch?v=KtkkMvYHrl8

國家圖書館出版品預行編目資料

失敗是一種資格，獎賞你上過擂台。/ 九把刀作. -- 初版.
--台北市 ： 蓋亞文化，2013. 12
面 ；公分. -- （九把刀 · 非小說；GA007）
（「參見，九把刀」Blog亂寫文學；5）
ISBN 978-986-6473-72-2 (平裝)

855 102022087

九把刀 · 非小說 GA007

「參見，九把刀」 Blog亂寫文學

失敗是一種資格，獎賞你上過擂台。

作者／九把刀（Giddens）

封面設計／克里斯

出版／蓋亞文化有限公司

地址◎台北市103赤峰街41巷7號1樓

電話◎（02）25585438　傳真◎（02）25585439

網址◎www.gaeabooks.com.tw

部落格◎gaeabooks.pixnet.net/blog

電子信箱◎gaea@gaeabooks.com.tw

郵撥帳號◎19769541　戶名：蓋亞文化有限公司

法律顧問／十方法律事務所

總經銷／聯合發行股份有限公司

地址◎新北市新店區寶橋路二三五巷六弄六號二樓

電話◎（02）29178022　傳真◎（02）29156275

港澳地區／一代匯集

電話◎（852）27838102　傳真◎（852）23960050

地址◎九龍旺角塘尾道64號龍駒企業大廈10樓B&D室

初版一刷／2013年12月

定價／新台幣 299 元

Printed in Taiwan

ISBN／978-986-6473-72-2

GA007
GAEA

失敗是一種資格，獎賞你上過擂台。

蓋亞文化　讀者迴響

感謝您在茫茫書海中選擇了蓋亞，您的支持是我們最大的動力。
不要缺席喔，讓我們一起乘著夢想的羽翼，穿越時空遨遊天地！

姓名：	性別：□男 □女　出生日期：　年　月　日
聯絡電話：	手機：
學歷：□小學 □國中 □高中 □大學 □研究所	職業：
E-mail：	（請正確填寫）
通訊地址：□□□	
本書購自：　縣市　書店	
何處得知本書消息：□逛書店 □親友推薦 □DM廣告 □網路 □雜誌報導	
是否購買過蓋亞其他書籍：□是，書名：	□否，首次購買
購買本書的動機是：□封面很吸引人□書名取得很讚□喜歡作者□價格便宜□其他	
是否參加過蓋亞所舉辦的活動：□有，參加過　場　□無，因為	
喜歡出版社製作什麼樣的贈品：□書卡 □文具用品 □衣服 □作者簽名 □海報 □無所謂 □其他：	
您對本書的意見：◎內容／□滿意 □尚可 □待改進　◎編輯／□滿意 □尚可 □待改進　◎封面設計／□滿意 □尚可 □待改進　◎定價／□滿意 □尚可 □待改進	
推薦好友，讓他們一起分享出版訊息，享有購書優惠　1.姓名：　e-mail：　2.姓名：　e-mail：	
其他建議：	

◎請沿虛線剪開、對摺、裝訂後寄出

◎請沿虛線剪開、對摺、裝訂後寄出

廣告回信 郵資免付
台北郵局登記證
台北廣字第675號

GAEA

蓋亞文化有限公司　收

103 台北市赤峰街41巷7號1樓

GAEA

Gaea

GAEA

GAEA